致敬成长经典书系
ZHIJING CHENGZHANG JINGDIAN SHUXI

乘着风的翅膀

谢倩霓 著

山西出版传媒集团 山西教育出版社

图书在版编目（C I P）数据

乘着风的翅膀 / 谢倩霓著. — 太原 ：山西教育出版社，2024. 5

ISBN 978-7-5703-3878-8

Ⅰ. ①乘… Ⅱ. ①谢… Ⅲ. ①短篇小说—小说集—中国—当代 Ⅳ. ①I247. 7

中国国家版本馆 CIP 数据核字（2024）第 062064 号

乘着风的翅膀

CHENG ZHE FENG DE CHIBANG

出版策划 陈彦玲 李梦燕　　复 审 霍 彪

编辑统筹 许亚星　　终 审 李梦燕

责任编辑 朱 旭　　装帧设计 陈 晓

助理编辑 张雯嘉　　印装监制 蔡 洁

出版发行 山西出版传媒集团 · 山西教育出版社

（太原市水西门街馒头巷 7 号 电话：0351-4729801 邮编：030002）

印 装 山西基因包装印刷科技股份有限公司

开 本 890 mm×1240 mm 1/32

印 张 5

字 数 76 千字

版 次 2024 年 5 月第 1 版 2024 年 5 月山西第 1 次印刷

书 号 ISBN 978-7-5703-3878-8

定 价 35. 00 元

让我们拥有一颗惊奇之心

对很多同学来说，写作灵感和写作素材的缺乏是一个比较普遍的问题。我一直认为，一颗惊奇之心，是一切发现和感受的来源，是我们每一个人与我们生息的这个世界更好地关联起来的纽带，也是触发写作灵感、发现写作素材的密码。

让我们到大自然中，感受春天的明丽和柔软，夏天的火热和狂暴，秋天的繁盛和萧瑟，冬天的严寒和安然；让我们聆听鸟儿鸣叫、虫儿呢喃，看日升日落、星辰大海。大自然真是最好的课堂，它的一切都充满神奇和魅力，如果我们能带着一颗惊奇之心亲近它，它一定会给我们带来最丰盈的情感体验，一花一木、一沙一石，都有可能变成触发我们写作灵感的机关。

让我们走进日常生活中，怀着一颗永不倦怠的心拥抱它，看到生活中的点滴细节，看到单调里的有趣，看到平凡里的感动，学会从身边的琐事中感受永不褪色的热情和好奇，对庸常枯燥的生活保有一颗感恩和热爱之心。世界上绝大部分作家，最初拿起笔写作，都是源自生活给予他们的触动。我们的日常生活，永远是我们写作灵感和素材来源的第一大富矿。

让我们走进书本里，亲近文字，尽情阅读，通过一本又一本书，看古往今来多少风云变幻、多少命运沉浮、多少人物故事，看未来世界的神奇。如此，我们将开启触摸这个世界更多样、更广阔面貌的节点，这些节点四通八达，随时可以触发我们的写作灵感，带给我们别样的素材。

这些就是我的写作秘籍，它们给我带来了一次又一次写作的灵感和冲动，让我写出了一个又一个故事。

谢倩霓

目录

叶子上的秘密

一

因为跟踪野荠菜的踪迹，我转到了这幢老房子后面。

这是一幢不知道建于哪年的老房子，灰色的墙砖，灰色的平顶，灰扑扑的玻璃窗。除了每周到这里上一次美术课和一次音乐课，别的时间我们从来想不到来这里，更想不到转到它紧靠着校园围墙的那边看一看。

我有一个奇怪的癖好，每当春天来临的时候，我总是喜欢睁大眼睛，在城市的角落寻找野荠菜。

所以，当我远远地看到，这幢老房子的转角处竟然长满了一片绿油油的疑似野荠菜的植物的时候，我一下子停住了脚步。

我磨磨蹭蹭地等到最后，等新同窗们在我的眼前消失以后，我才扑了过去。

没错！它们真的是野荠菜！还是那种品质最好的野荠菜！它们有着城市里野荠菜难得一见的嫩绿细长的叶片，高大壮实的身子。在城市，野荠菜一般都长不高，也长不壮，并且总是很快就开出小白花，接着就衰老了。真没想到，在这样一个地方，竟然挤挤挨挨地长着这样一大片野荠菜呢！

我忍住心里强烈的欣喜，低着头，一路跟着野荠菜密密的“脚印”，转过墙角。

好奇怪呀，一转过墙角，野荠菜就消失了踪影，一颗都不见了。这里生长着的，只是一些不知名的杂乱的野草。

不过，我也没有失落。小时候，外婆告诉我：“野荠菜就是这样的，它们喜欢一群一群地待着，就像人一样，喜欢和朋友待在一起。”

我抬起头，这才发现自己正站在一片很窄的空地里。空地的一边，是校园的围墙，而另一边，是老房子从来不示人的背面。

我一下子睁大了眼睛。

老房子的背面，原来是这样的啊！那灰色的砖墙上面，除了窗口的位置，每一处空隙都爬满了一种枝叶繁茂的植物，一直爬到灰色的平顶，直至看不见的地方。

好多叶子啊！它们一片挨着一片，挡住了整个灰色的墙面，使看起来陈旧破败的老楼，显得幽深又神秘，叶子下好像掩盖着无数的秘密。

一阵风吹过，所有的叶片陡然间哗啦哗啦地翻动起来。

突然，我隐约看到头顶上方的那些叶子颜色有些怪异。它们翻动时，不像别的叶片那样闪耀着光芒，而是——天哪，它们上面是什么东西？

我踮起脚尖，使劲伸长手臂，攀住了一片叶子，将它的正面翻了过来。

它的上面，竟然密密麻麻一大片——全是黑色钢笔写的字！

“啊！”因为惊讶和恐惧，我忍不住大叫了一声。

“丁零零……”好像是为了配合我的大叫，从教学楼的方向传来了响亮的上课铃声。

“啊！”我再次大叫一声，我忘记一会儿还有一节课了！

而且是圆圆的英语课！

我揪下这片叶子，拔腿就跑。

二

“你怎么课间也迟到？”圆圆的眉头皱了起来。

“对……对不起！”我垂着头站在教室门口。我的左手紧张地握着拳，靠在腿旁。

“对不起能解决一切问题吗？请你解释一下为什么课间也迟到？”圆圆好听的声音突然变得尖尖的，这说明她已经非常生气了。

“对……对不起……”我的头更低了，眼泪差点儿流了出来。

圆圆非常漂亮，她不生气的时候，笑盈盈的，声音轻柔，我们班每个人都喜欢她。所以，大家从来不叫她方老师——圆圆姓方，叫方圆圆，大家都喜欢叫她圆圆。我也喜欢她，但很害怕惹她生气。

可是，自从我因为原来的学校拆迁被就近安排到这所学校、进了圆圆的班级后，我好像一直在惹她生气。

比如，我基本每天早上都迟到，有时虽然只迟到一两分钟，但仍是迟了。我迟到，主要是因为妈妈。虽然是就近安排，但我们家离学校还是比较远的，如果坐公交车，得换乘两次，加起来6元车钱。妈妈说："上学六元！放学回家还要六元！我要卖掉多少斤菜才能赚回这12元！"所以，妈妈不许我坐公交车上学，她要我坐她的自行车上学。可问题是，妈妈每天早上必须到蔬菜批发市场进菜，然后才能送我，虽然她凌晨就起床了，但时间还是不够用，我还是经常迟到。我没法埋怨妈妈，就只能惹圆圆生气了。

再比如，我的成绩本来就不太好，转到这所每个人成绩都很优异的学校以后，我觉得自己的成绩显得更差了，特别是英语成绩。老实说，圆圆读英文课文可真是太好听了！可是，不读课文的时候她也讲英语，我就蒙了。我英语听力很差，发音也非常不标准。每当她叽里呱啦说一大通，然后点名要我回答问题时，看到我张着嘴呆站在那里，她就会非常生气。

早上迟到我还有理由可讲，可课间确实不应该迟到，我以前课间也从来不迟到。我真希望自己能给圆圆一个合理的解释，让她不要这么生气。可是，我真的没法解释。追寻野荠菜的踪迹已经令人无法理解，而发现上面写满了字的叶子就更荒唐了，我还没弄明白是怎么回事呢。

现在，这片写满了字的神秘的叶子就在我的左手中，我紧紧地攥着它。

我只有再次道歉，并且更深地将头低下。额前的一排刘海也跟着垂下来，像举手投降的小兵。

我听见教室里传来嘻嘻的笑声。

“你——”圆圆重重地叹了一口气，听得出她在竭力控制自己的情绪。“先回座位，放学的时候写份检讨交给我，要写清楚迟到的原因!”

我以最快的速度蹿回了座位。

三

趁圆圆在黑板上写板书的时候，我实在忍不住，小心翼翼地将一直紧紧攥着拳的左手放到桌子上，在英语课本的掩护下，张开了已经微微潮湿的手掌。

那片叶子已经有了数道折痕，但上面的字迹依然很清晰。

我仔细一看，叶子上密密麻麻写满的竟然是相同的三个字：陆向宇！它们随着叶子的形状整齐地一行一行排列着，从叶尖一直排到叶尾。

啊？不是吧？陆向宇？他就坐在我旁边！他是我的同桌！

这是什么意思？在叶子上写满一个男生的名字？而且这个男生就坐在我旁边？

我太惊讶了，以至忘记了用课本掩护。我就这样摊开手掌，直勾勾地盯着它。我甚至还伸出右手将叶子翻过来，看它的反面。反面倒是干干净净的，一个字也没有。

我一下子激动起来。我看一眼旁边坐着的陆向宇，再看一眼写满他名字的树叶，然后再看一眼陆向宇，又看一眼写满他名字的树叶。我好想告诉他这件神秘的事情，他的名字竟然被人写在了树叶上！这可真是太稀奇了！

可是陆向宇一直目不斜视地盯着黑板，他是一个好学生，他的英语成绩特别好，他读英语时就像放自来水一样，哗啦哗啦的，跟圆圆有一拼，圆圆特别喜欢他。

我本来不怎么和他说话，转学来的一个多月，我顶多跟他说了不到十句话。在课堂上，就更不可能跟他说话了。可是现在，我实在太激动了，我多么希望现在就让他知道这件事情呀！

我正要伸手碰他的手臂时，只见眼前有一条长长的手臂伸了过来，一把抢走了我手掌上摊着的树叶。

我惊吓地抬起头，看到圆圆正难以置信地盯着那片树叶。

“这片叶子好奇怪，它上面有字。”我喃喃地说，并朝圆圆微笑。

“是啊，我看到了，上面写满了‘陆向宇’三个字。没想到，你在树叶上写字还挺漂亮的!”

圆圆这次说的是汉语，我每个字都听懂了，可是她误会我了!

“不是我写的啊。”我赶紧告诉圆圆，我当然也用汉语，我的普通话还是相当标准的。

可是圆圆好像没有听懂我说的话。“不是你写的，难道还是我写的吗?”圆圆还是用汉语，可是她说话时没看我，而是笑盈盈地对着全班同学。

在全班同学的哄笑声中，圆圆带着叶子回到了讲台。

我突然感觉自己掉进了一个巨大的冰窟窿里。

四

我没想到事情会演变成这样。

没有人相信我的解释，也没有人相信那片写满了陆向宇名字的叶子是我从老教学楼的墙上摘下来的。圆圆对此的评价是："你以为你在写安徒生童话吗？"

就这样，莫名其妙地、蛮不讲理地我变成了这片叶子无可推脱的主人。

更确切地说，我变成了叶子上那些文字无可推脱的主人。

这句话翻译过来，就是这样的意思——我王泥泥是花痴，我在暗恋陆向宇。偏偏他还是我的同桌，而且成绩好，长得帅，是所有暗恋故事里不可缺少的男主角。

我这才知道，原来世上还真有"窦娥"。

我在周围同学的讥笑声中，再一次深深地垂下了脑袋。我额前的那一排刘海，再一次像哀兵一样垂在那里。

我不知道陆向宇是什么表情，他背对着我，我猜他一定很生气。

英语课后就该放学了，但我被圆圆勒令不许回家，一定要将课间迟到以及为什么要在树叶上写满一个品学兼优的男生的名字的事情写清楚。

我不再争辩了，因为无济于事，我急于完成任务，想早点脱身，于是这样写道：

上完美术课后，我突发奇想，转到老教学楼的后面，想看看楼后面是什么样的。然后我看到了满墙的叶子，我就摘了一片下来，带回了教室，接着我想在上面写字，就顺手写了我的同桌陆向宇的名字。

我错了，我不该课间到处乱跑，以致上课迟到。我还不该在课堂上不认真听讲，开小差，乱写同学的名字。

我保证以后不再犯类似的错误。请老师原谅我！

检讨人：王泥泥

谢天谢地，将检讨交给圆圆的时候，她的手机铃声响了起来。她接电话时好看的眉毛皱了起来，然后朝我很不耐烦地挥了挥手。

我立刻飞快地跑了。

我当然不是跑向学校大门口，而是朝老教学楼的方向猛跑过去。

我摘下那一片叶子的时候，看到它周围的一大片叶子上都写满了字，我要赶快找到它们。也许，其余的叶子上会有真正的主人不小心遗留的信息。

我喘着粗气，目瞪口呆地站在上一节课间我曾站立的地方——那个我摘下一片叶子的地方，现在空出了好大一片空隙，露出了斑驳的灰墙砖。所有上面有字的叶子，全部不翼而飞了！

我的大脑停止思考了大约有3分钟，才重新恢复运行。

我推断出的第一个结论是：那片叶子的主人，是我们班的人！她目睹了英语课上冤枉我的一幕，一下课她就朝这里狂奔，摘下了所有上面有字的叶子！

第二个结论是：我无法为自己洗刷“罪名”，我一直都要背着这个花痴的名头了！

五

“怎么现在才出来？别的同学早放学了！”妈妈远远地见到我的身影，就开始大声埋怨。“是不是又被老师留下批评了？今天早上不是没迟到吗？”

今天早上确实运气好，每到一个十字路口时都是绿灯，妈妈骑着那辆高大的自行车，载着我一路飞奔到了学校。我冲进教室门的时候刚刚响起早课铃声，所以圆圆只是朝我眨了眨她那双漂亮的大眼睛，并没有骂我。

可是，这样的好运气需要接下来这么多的倒霉事相抵吗?!

平日放学拥挤不堪的校门口此时早已空空荡荡，妈妈的身影在空空荡荡的校门口显得孤单又可怜，只有那辆破旧而高大的自行车忠实地靠在她的身边，好像一个英勇的骑士，这是爸爸留下来的唯一的财产。

“你怎么啦？眼睛怎么红了？你哭了？”妈妈万分惊讶地看着我。

妈妈无法不惊讶，因为我好久都没有哭了。从小照顾我的外婆去世后我大哭了一场，爸爸去世后我大哭了一场，然后我就再也没有哭过了。妈妈说，王泥泥，以后不管遇到什么事，我们两个人都不可以哭了。家里就我们两个人了，不论遇到什么事，我们都要一起想办法解决，再苦再累，我们都不可以哭！

我跟妈妈认真地拉了钩。

可是，今天这样的奇遇实在是太令人郁闷了！当看到那些有字的叶子全部不翼而飞后，我蹲在那一大片野荠菜前，一边拔野荠菜，一边对着躲在心里的外婆说话：“外婆，你知道吗？我好倒霉啊……”然后，我的眼泪就忍不住流了下来，止也止不住。

我坐在自行车后座上，对妈妈从头到尾讲述了今天的奇遇。当说到我为了早点脱身，早点回到老教学楼后面去摘那些有字的叶子，不惜“屈打成招”，却发现那些叶子全部不翼而飞的时候，我忍不住又一次低声抽泣。

妈妈很用力地踩着自行车，她的背弓成了一个很大的弧度。

良久，妈妈问我：“如果我去找方老师，把事情跟她说清楚，她会相信我吗？”

我摇摇头：“说不清楚的，她不会相信你，肯定会连你也一起批评。”

妈妈竟然嘿嘿地笑起来：“我觉得也是这样，其实我很怕你们方老师。”

妈妈的笑声让我忘了自己刚刚还在流眼泪，我差点儿也跟着笑了起来。我把头靠在妈妈弓起的背上，我不要妈妈也挨批评，为了我迟到的事情，妈妈已经挨过方老师好几次批评了，妈妈本来比方老师高出大半个头，可是妈妈低着头站在方老师面前的时候，像个犯了错的小学生。我宁愿自己低着头站在方老师面前，也不要再看见妈妈这样了。

“泥泥，你看，这件事情你说不清楚，妈妈也没能耐说清楚，那我们就把它忍下来吧！你说好不好？受这点委屈也没啥，不就是冤枉你写了一个男生的名字吗？这没啥，就像妈妈进菜、卖菜，赚钱过日子，要受多少气呀，妈妈不也全忍下来了？泥泥你说好不好？”

我没说话，沉默半晌，我靠着妈妈的背点了点头。

不是我愿意忍这口气，而是因为我想起了妈妈经常说的话：“唉，妈妈没能耐啊，吃点亏就吃点亏，受点气就受点气吧！只要我们两个人在一起高高兴兴、没病没灾的就成！”

我一点头，妈妈绷紧的背一下子就放松了。妈妈直起身子，双脚飞快地交替着踩脚踏板，自行车快速掠过马路上停着的一辆辆小汽车，向家的方向飞奔。

哈哈，那些漂亮的小汽车全堵在路上呢，此起彼伏的喇叭声一浪高过一浪。我们的自行车虽然破旧，却比它们快多了！

坐在后座上，搂着妈妈的腰，刘海被风吹动在额前翻飞，我的心情好了起来。

六

回到家，我从书包里掏出一大把野荠菜，递给了妈妈。

“呀！你在哪里找到长得这么好的野荠菜？”妈妈惊讶地叫起来。

妈妈知道我的这个癖好，每年一到春天，我就喜欢四处张望找野荠菜。妈妈说：“傻孩子，别找了，你喜欢吃荠菜豆腐羹，妈妈每天都给你做。妈妈有荠菜，你想吃多少都成！”

可是，妈妈卖的荠菜虽然长得壮，却一点也不香，我才不喜欢吃呢，我要吃像外婆以前带我一起在田里采回来的那种野荠菜烧成的豆腐羹！

只要一闻到那熟悉的带着浓浓的田野味道的野荠菜的香味，我就会想起外婆。

妈妈不再管我了，如果我找到了野荠菜，哪怕只有几颗，她也会帮我做成荠菜豆腐羹——味道与外婆做的一模一样！

这一次，我采到了这么一大把野荠菜，妈妈可以烧一大碗荠菜豆腐羹了！

妈妈做饭飞快，我还没做完一道数学大题，妈妈就喊我吃饭了。

哇，妈妈今天可真大方！这一次的荠菜豆腐羹，妈妈在里面放了好多肉丝呢！野荠菜的香味，加上豆腐的清香，再加上瘦肉的鲜美，啊，真是太好吃了！

我一边咕噜咕噜喝着浓稠的羹汤，一边开心地朝妈妈笑。

妈妈笑着说："怎么样？味道不错吧？外婆做的荠菜豆腐羹，可没有这么多肉吧？泥泥你看，我们的日子越来越好了呢！等以后你长大了，咱们的日子会更好的！有时候遇到事情，忍一忍就过去了，不要放在心上，知道了吗？"

"知道了！"我嘴里含着一大口荠菜豆腐羹，扬着笑脸回答妈妈。

无论是树叶上的字，还是检讨书，在香甜的荠菜豆腐羹面前，都不值得一提！

七

第二天上学，我还是没有迟到！因为妈妈又提前了20分钟起床。

妈妈说："你总是迟到，方老师生气也是应该的，本来就是我们不对！还有啊，方老师说你从不参加班里的一刻钟早读，所以英语默写成绩总是最后一名。"

我也知道这个道理，可是我不想让本来就睡眠严重不足的妈妈再提前起床！

妈妈咧着嘴大笑起来："泥泥，妈妈没事的！早上忙到9点多，买菜的人差不多就少了，一直到快中午才又有人买菜。没人的时候，妈妈可以坐在菜摊子补觉的！"

我第一次神清气爽地走进教室，哈哈，圆圆还不见人影呢。我想，一会儿她看到我这么早就来到教室，一定会非常惊讶的！

我坐到座位上，从书包里拿出英语书。今天早到是妈妈牺牲了宝贵的睡眠时间换来的，我一定要抓紧每一秒钟！

陆向宇来了，他惊讶地看着我。我正准备笑着和他打招呼时，没想到他竟然马上转过身，再一次背对着我。

昨天的事情突然又浮现在眼前，我一下子怒火中烧。我举起英语书，朝他的背敲去：“陆向宇，你听好了，我发誓那些叶子上的字不是我写的！你听清楚了没有？”

“哎呀！”陆向宇一下子转过身来，“你干什么呀？”

“那你总背对着我！”

陆向宇赶紧坐正身子：“我哪有背对着你？”

我们的动静已经引起了班上大半同学的注意，我不知道从哪里来的勇气，是因为第一次这么早就来到教室吗？还是因为陆向宇的态度好得出乎我的意料？我站起来面对大家，说：“我告诉你们，那片树叶真的是我从老教学楼后面的墙上摘下来的，那里本来还有很多片写了字的叶子呢！可是昨天放学后我跑过去，那些叶子全部消失了！大家知道这意味着什么吗？”

我环顾着有些还叫不出名字的新同窗们。

一定是我的行为太出乎他们的意料了，他们都张大嘴巴，呆呆地看着我。有一个特别好奇的女生问我：“意味着什么？”

“意味着——”我拖长声音，“那个真正在叶子上写字的人就在我们班！我不知道她此刻是不是坐在这里……”

“哇！”有人大叫起来，还有人兴奋地左顾右盼。

突然，窗外闪过圆圆轻盈的身影。

我一个激灵清醒过来，赶紧坐下，我的心扑通扑通跳得很快。天哪，我刚才都干了什么、说了什么呢！

圆圆看到我很意外，我真担心她会听到我紧张的心跳声！不过，她肯定什么也听不到。她居然朝我笑了笑，说：“今天不错，到得这么早，赶紧背单词啊！”

我有些慌乱地朝她点了点头。

圆圆不生气的时候真好看啊，她的眼睛都带着笑意！

一个念头突然涌上我的心头——也许，等课间我可以再去找圆圆？就像刚才向同学们解释那样，我也可以向圆圆重新解释昨天的事情？妈妈说让我不要计较这件事，我也不是要计较，这些字到底是谁写的并不重要，圆圆追不追究也并不重要，重要的是我想说清楚这不是我写的。而圆圆最后会不会相信，好像也并不重要了！

我咬了一下嘴唇，然后对自己说："王泥泥，就这么定了！"

我的心跳得不再那么快了，开始一心一意背单词。

镜头下的奇迹

一

童东和安西是一对名副其实的冤家。他们的故事可以追溯到几个月以前，刚刚成为中学生的第一天。

开学那天，童东脖子上挂着一台小炮筒一样的单反相机跨进了校门。正如预想的一样，他立刻就被一群好奇的同学围住了。童东矜持地微笑着，向大家解释他是摄影发烧友，想趁开学第一天抓拍一些有纪念意义的照片。他告诉大家，单反相机拍出来的照片效果和手机拍出来的是完全不一样的，那种层次感和生动感，是手机无法媲美的。大家一听，纷纷要求童东给他们拍照。童东来者不拒，很享受地听着相机咔嚓咔嚓摁下快门的声音。一不留神，离通知到教室集合的时间已经过去了10分钟！

童东拔腿就跑。

刚跑了没两步，就猛然间撞上了一位板寸发型的高个子女生。只见她跟他一样，脖子上挂着一台小炮筒一样的单反相机，身后也跟着一群仰慕者。而且，她脖子上的相机跟自己的竟然是同一品牌！

童东瞪着她，一种不好的预感涌上心头。

就在童东挂着相机跨进校门之际，板寸发型的女孩安西则按通知上的要求乖乖进了教室，然后在新同窗面前突然亮出藏在包里的单反相机，一言不发，举起相机直接对准大家咔嚓咔嚓一阵狂拍，教室里立刻响起了一片疯狂的尖叫声。安西这一精心设计的亮相动作轻而易举地得到了新同窗们的喜爱，还受到了新班主任田田老师的高度赞许。

开学第一天，光在教室里拍照当然不过瘾，应该到校门口拍一些照片，更有纪念意义！

所以，安西就被新同窗前呼后拥着在校园里走过。正在这时，却跟一个长头发的小个子男生迎面相撞！

安西也瞪着他，一种不好的预感涌上心头。

两拨人面对面停住了脚步。

“新生?”童东先发制人，皱着眉头问安西。

“你也是新生吧?”安西岂能被随便压制，她立刻一个反问回击。

“哪个班的?”童东不理会她的反问，沉着嗓子发出了第二个提问。

“你可千万不要告诉我你是初一（1）班的!”安西也没有直接回答他。

“啊? 不是吧!”这下童东傻了。

“啊? 不是吧!”这下安西也傻了。

他们竟然是同一个班的!

“哇！我们班上竟然有两位高级摄影师!”跟在安西后面匆匆赶来的田田老师，拍着手惊叹道。

田田老师刚大学毕业，这也是她第一次当班主任，所以她很愿意跟学生们一起在学校大门口留下一些珍贵的纪念照片。可是一个叫童东的学生却迟迟未到，她等不及了，生怕跟她第一届学生的合影失之交臂，所以她在黑板上匆匆给童东留了一句话，就跨出教室门，跟在学生们身后赶来了。

没想到，她见到了两位脖子上都挂着专业相机的摄影大师！

田田老师咬了咬嘴唇，不知道该吩咐谁拍照，只好说：“你们一起给大家拍照吧！”

童东和安西互相看了一眼，用眼神朝对方嗖嗖地发射了几支含意不明的冷箭，然后各自端起相机，摆出各种奇怪的姿势，给大家拍下了各种角度的照片。

田田老师还加了一句：“你们俩加油，我们看看谁拍得好，拍得好的照片三年后我们班做毕业纪念册时可以放进去！”

然后，田田老师看看童东的长发，笑嘻嘻地说：“童东，学校规定男孩子不可以留长头发，下午放学回家就剪短啊！”

安西扑哧一声笑起来。

童东恼火地瞪了安西一眼，愤愤地一拍额头，说：“田田老师，难道中学也要管学生头发长度吗？小学的时候每个月都要求剪头发，我只有在暑假才能留长发，我以为中学不会管的。”

安西幸灾乐祸地说：“谁说中学不会管？你赶紧剪短，

不然我们班会因为你这一头长发而扣分!”

童东不服气地看了看安西，问田田老师：“老师，那女生剪板寸发型就不管了吗？那么短的头发，也会影响班风吧?”

安西愤怒地瞪着童东：“这关你什么事?”

田田老师笑着摸摸安西的板寸发型，说：“校规里好像没有提到女生不能剪板寸发型呢，只说女生不能披头散发。”

“哈哈!”安西朝童东做了一个鬼脸。

“不过,”田田老师接着说，“安西你还是把头发留长吧。”

这回轮到童东给安西做鬼脸了。

田田老师饶有兴味地看着他们两个人，忍不住笑了起来：“你们俩还真有缘分，名字一个东一个西，男孩喜欢留长发，女孩却偏偏喜欢剪短发！而且，你们还都是摄影发烧友！我决定安排你们俩坐同桌，这样你们可以更好地探讨摄影技术，共同进步!”

这下童东和安西面面相觑，围观的同学们哈哈大笑。

就这样，开学第一天，命中注定般地童东和安西就成了一对冤家！

二

今天是放寒假前的最后一天，所有该考的试都考完了，所有该发布的注意事项也都发布了，就剩下大家挥手说再见，各自回家美滋滋地过寒假了。

坐在里面的安西，急着赶火车，她爸爸报了一个南方山区风情摄影团，准备带着安西趁春节前拍一些美照，安西爸爸是超级摄影发烧友，安西就是受他的影响爱上摄影的。可是童东霸占着出口，还在慢吞吞地收拾东西。

"喂，童东你快点儿好不好？"安西狠狠地踹了一脚童东的椅子腿。

童东朝她翻了一个大白眼："你急什么啊？都放寒假了，时间一大把，你还催命一样！"

"哎呀，我要去赶火车啦！一万多元的团费呢，耽误了你负得起责任吗？"安西干脆站起身，猛地推了一下童东的椅子。

童东被她推得身子一歪，差点儿连人带椅子一齐摔倒在地。他眼疾手快，一把拉住安西的手臂，才稳住了身子。

“你是想谋财害命吗？”童东仰起头，愤怒地质问安西。

安西生气地一把甩开他的手：“哎呀，你抓我手臂干什么！男女授受不亲，你懂不懂？”

经过他们座位的同学，一边走，一边摇头，这样的剧情几乎每天都会在班里上演，他们早已见怪不怪了。只有童东的邻居、也是童东小学时的好友汪米停下了脚步，同情地问了一句：“需要帮忙吗？”

童东豪迈地一甩头，好像自己还是长头发的样子：“不需要！我可以自己解决问题！”

他站起身，双手叉在腰间，哈哈一笑：“安西同学，今天反正放假了，我就跟你耗上了！有本事你就从我头顶上跳过去吧！”

这下安西真急了，她狠狠地在自己的板寸头上拍了一下：“童东，你还好意思说自己是摄影发烧友吗？你耽误我的摄影行程该当何罪？”

童东眼睛一下子亮了：“什么摄影行程？你要到哪里摄影？”

“刚不是说了一万多元的团费吗？我爸报了一个南方山区风情摄影团，赶紧让我出去，真误车就惨了！”

“啊，你早点说清楚呀!”童东一闪身，让出道路，事关摄影大事，可不能再胡闹了。

“谢啦!”一个谢字刚出口，安西已经蹿出几米远。

“回来看看你拍的照片!”童东在后面急吼吼地加了一句。

安西头也没回，只胡乱朝后挥了挥手，算是应答。

这个就算童东不说，安西也绝对不会忘的。这个学期以来，他们之间吵得最多的还是在对各自摄影作品的品评上面。每个周末，他们拍了照片，周一都要带到学校来相互比试，他们不仅不承认对方的拍摄对象和拍摄角度别具一格，还吐槽对方照片光影和背景处理的水平。周末作业多，有时还要补课，他们基本上只能在日常生活中尽力挖掘素材拍摄。而寒假就不同了，特别是参加南方山区风情摄影团，安西一定能拍到很多好照片，狠狠打击童东的嚣张气焰!

三

与安西不同的是，童东的爸爸妈妈都不是摄影发烧友，但他妈妈是一位狂热的业余网评家，她喜欢品评一切摄影作品。她拥有丰富的摄影理论知识，可她从来不屑于拿起相机实践，她说：“我生来不是为了拍摄的，而是为了评论摄影作品的！”

可能是为了不浪费妈妈的摄影理论知识吧，童东成为一个实践派摄影发烧友，妈妈很乐于将她的理论知识传授给童东，童东在妈妈的隔空发力和自己的亲自摸索中逐渐成长。

得知安西参加了南方山区的摄影团后，童东心里那个急呀！他不能整个寒假都待在家坐以待毙！所以，他竭力鼓动爸爸妈妈参加了一个寒假亲子游，他们选择的地方不是南方，而是与安西完全相反的北方！

大冬天的，跑去南方干什么！当然应该到北方拍冰天雪地的美景呀！

果然是银装素裹、美不胜收啊！在北方千里冰封、万里雪飘的苍茫大地上，咔嚓咔嚓，童东激动地摁下快门，拍下了无数美照。

妈妈一张一张地翻看童东的照片，评价道：“拍得是不错，但冬天雪景的经典照片实在是太多了，你很难超越别人的。”

童东傻眼了："那怎么办？"

妈妈拍拍童东的脑袋："不要只看到大的风景，努力寻求不一样的拍摄角度，尽量拍出新意，也许会有新的发现！"

爸爸在边上点点头。

童东也觉得妈妈说的话很有道理，所以，当听到民宿老板娘提到附近有一家民间博物馆时，童东眼睛一亮。

民间博物馆总会有一些意想不到的新奇的小东西，也许能成为很好的摄影素材。

果然如此！

在一个小小的玻璃柜里，童东看到了一双稻草编的鞋。草鞋式样很特别，一般草鞋的边缘是镂空的，而这双草鞋的边缘却被密密实实的几条辫结扎住了，编鞋的人应该花费了很多心思；草鞋的颜色早已暗沉，沉甸甸的岁月在它身上年复一年地堆积，却又无一点磨损，就像从来没有穿过一样。特别奇怪的是，在草鞋底部，有一个用红色毛线镶嵌的图案组合：一片椭圆形的叶子紧紧挨着一个"王"字。

童东参观过一些博物馆，也见过一些景区的老宅子，他知道以前的人们喜欢在墙上、地上、各种家具和器皿上镶嵌各种图案，以表达祝福和吉祥之意。可是，从来没见过在草鞋上镶图案的，而且用的是毛线绳，还是这样少见的图案！这个图案表达的是什么呢？

童东弯下腰，将头凑到玻璃柜子上方，想要看得更清楚一些，他的后背却突然被轻轻拍了一下。转身一看，是博物馆的工作人员，手里拿着一把钥匙，示意他让开。

工作人员的旁边站着一位老人，头发、眉毛、胡子已经全部花白。

童东移开身子，工作人员用钥匙打开玻璃柜，拿出那双草鞋，交给了老人。

老人接过后，颤巍巍地朝门外走去。

啊？这是什么意思？展品可以随便往外拿吗？

童东吃惊地盯着工作人员。

工作人员看着老人的背影，轻声告诉童东："他是草鞋的主人，今天太阳好，他要把草鞋拿到外面晒呢。"

啊？原来这双草鞋是有主人的，这可太好了！

"我可以采访一下他吗？"童东礼貌地问工作人员。

工作人员看了他一眼，说："这有什么不可以的？不过，你是采访不到任何信息的。”

“为什么？他不肯说出草鞋的秘密吗？”童东好奇地问。

工作人员摇摇头，说：“不是的，是因为老人早就失忆了，他什么都不记得了。”

啊，怎么会这样！

童东站在那里，惊讶得说不出话来。

四

院子里的积雪已经被铲除，老爷爷坐在围墙跟前的一把小椅子上，他身边紧挨着一把一模一样的小椅子，那双草鞋就放在上面。

太阳真好，如金纱一般笼罩下来，映照着老人、草鞋和周围皑皑的白雪，发出一片亮亮的光。

童东走过去，蹲在老人和草鞋旁边。

老人抬起头，微笑地看着他：“你也想晒太阳吗？你坐这里吧。”

老人把草鞋拿起来，像抱孩子一样双手放到自己的膝头，示意童东坐在刚才放草鞋的椅子上。

童东摇摇头，看着老人膝头上的那双草鞋，轻轻问老人:“爷爷，这双草鞋底部的红毛线图案，是什么意思啊?”

老人摇摇头:“我要是能记得就好啦。”

“真的什么都想不起来了吗?”

老人点点头:“是呢，在很久以前的一次战斗中，我们连的人全部阵亡了，我头部受了重伤，好不容易才活下来，什么都不记得了。只有这双草鞋，藏在我的怀里，我想可能是家里人送我的吧!”

“那后来呢?”童东轻声问。

“后来呀，我养好了伤，就继续加入战斗了，直到战争结束。这双草鞋，我一直贴胸带着，一次也舍不得穿，它陪了我好多年啦!”

“您一直想不起来自己的家在哪里吗?”

老人摇摇头:“我连自己的名字都想不起来啦。”

他伸出手，珍爱地抚摸着草鞋底部那个特殊的图案。“还好有这双草鞋陪着我，每次行军累了，我就摸摸它；打仗受伤了，我也摸摸它；想家了，我也摸摸它。它呀，就像我的家人一样。”

“要是能知道这个图案是什么意思，也许就能找到您的家人了!”童东努力控制着自己的情绪，他的声音听起来很激动。

“是呀！这个图案，也许是家人给我留下的记号。可是，我怎么想也想不起来……我都已经想了几十年啦……”

老人的声音越来越低，童东看到有泪水涌出了眼眶。

过了好一会儿，童东觉得自己可以重新开口说话了，缓缓地从包里掏出相机：“老爷爷，我可以给您和草鞋拍张照片吗？”

老人抬起头：“是给我和我的草鞋一起拍照吗？那敢情好！”

老人赶紧将草鞋重新端端正正地摆到旁边的小椅子上，整理了一下衣服，坐得笔挺。

童东举起了相机。

透过镜头，恍惚间，童东觉得那双草鞋慢慢地长高了，变大了，变成了一个白发苍苍的老奶奶，她紧紧地挨在老人的身边，一起对着镜头微笑……

五

短暂的寒假结束，大家都回到了校园。

开学第一天，童东和安西自然都带了相机到学校。他们各自坐在座位上，相互看了一眼，没有说话。

童东心里暗暗奇怪，安西看起来好像跟以前有点不一样了呢。可究竟哪个地方不一样，童东说不上来。

安西心里也暗暗奇怪，童东看起来好像跟以前也有点不一样了呢。可究竟哪个地方不一样呢，安西也说不上来。

坐在他们后面早就等着看他们开学第一吵的汪米，看着他们安静地坐在那里，有点被吓住了。他站起身，伸出两条手臂，分别搭在两人肩膀上："你们俩怎么啦？"

童东回头看了他一眼："没什么，只是有一张照片让我心情有点奇怪。"

安西没回头，直接伸手将汪米的手臂推了下去："没什么，只是有一张照片让我心情和往日不同。"

"哇！你们俩，是私下里对好台词才到教室的吗？"

可是，那两人已经没空理会汪米了，他们转过头，牢牢地盯着对方，异口同声地问："是一张什么照片？"

童东说："是一张非常特殊的照片，我在北方拍了很多漂亮的雪景，但今天我只想拿这一张照片跟你比试，我相信，这一张照片就足够了。"

安西这一次竟然没有朝他翻白眼，也没有急吼吼一把抓过童东的相机，她稳稳地坐在那里，慢悠悠地说："你确定？看来这一次我们还真是心有灵犀！我也是这样想的，我在南方拍了好多各地的风情照，但我也只拿一张照片跟你比试！这张照片是我无意中拍的，但一定可以赢你所有照片！"

这样的话同样没能使童东像以前一样跳起来，他笃定地从脖子上取下相机，说："现在我才知道，一张照片其实光有美景是不够的，如果它背后有一个动人的故事，那照片就不仅仅是一张图片，它还可能是一段历史长河的缩影，一个人整整一生的记录。"

这是童东妈妈评价童东拍的老人与草鞋那张照片时说的话，童东觉得妈妈说得太好了！那样的苍茫大地，那样的冰天雪地，那样的苍老和孤独，而其中又裹挟着那样的温情和期盼！

童东的话让安西心里狠狠地惊了一下，她再也按捺不住，一把抓过童东的相机，满脸怀疑和紧张地看着童东，说："为什么我有一个很不好的预感？这些话应该是我说的啊！这说的正是我的这张照片啊！可是，为什么会从你的嘴里说出来？莫非——"安西突然盯着童东，"你偷了我的照片？”

童东伸手摸摸安西的额头：“你还好吗？没发烧吧？”

汪米被两个人的不同寻常完全搞蒙了，他在他们背上拍了一下，说：“你们俩有完没完？说这么一大堆废话，直接亮照片不就好了！”

安西将童东的相机递给他：“你先亮照片！”

童东不再废话，他翻出那张珍贵的照片，直接拿到安西面前。

安西看着那张照片，眼睛一下子睁得好大。她转向童东，嘴唇颤抖着，竟然一下子说不出话来。

安西从来没有过的表情惊得童东一下子站了起来，他结结巴巴地说：“你怎么啦？难道我跟你拍的照片是一样的？这不可能啊，这是我在北方的冰天雪地里偶然遇到的奇迹啊……”

安西摇摇头，将童东的相机小心翼翼地放在桌子上，然后从脖子上取下自己的相机，翻出她这次旅行途中拍到的那张最珍贵的照片，跟童东的相机并排放在了一起。

那是他们途经乡间一个小村落的时候，她因为拉肚子，跟爸爸暂时在那个偏僻的小村庄留宿了一晚。第二天，艳阳高照，她走出好心收留他们的人家，在村子里溜达，然后，她发现了一副奇异的图景……

当童东凑过去，看到安西的那张照片的时候，他的眼睛猛然一下睁大了。他难以置信地转向安西，声音沙哑地问她：“怎么回事？怎么……怎么会这样？”

“你们俩究竟在搞什么鬼？”汪米将挡住他视线的童东推开，探着身子看前面桌上那两个打开的相机。他看到——

一张照片上，在冰天雪地的太阳底下坐着一位老爷爷，他的旁边摆着一双式样奇特的草鞋。

另一张照片上，在披着一身阳光的三角梅旁边坐着一位老奶奶，她的周围摆放着很多草鞋，不知道有多少双，它们都是同一个式样，跟老爷爷身边的那双草鞋一模一样。

童东一把抓住安西的手臂：“这些草鞋底部是不是有一个图案？一片叶子边上有一个“王”字样式的图案？”

安西看着童东，缓缓地点了点头。

六

在很久以前的战争年代，一位新嫁娘的丈夫离开家乡，奔赴前线，拿起枪杆保卫家园。他告诉新嫁娘："等着我！我一定会回来的！"

新嫁娘含泪点点头，用家里刚刚收割的稻草，熬夜为丈夫做了一双草鞋。草鞋的式样很特别，一般草鞋都是镂空的边缘，她却密密实实编了好几条辫结拦在那里，这样草鞋就可以很好地包裹丈夫辛苦奔波的脚了。她取下头上的红头绳，将它们摆弄成叶子，和她刚刚学会的"王"字式样，一起编进草鞋的底部。她姓叶，丈夫姓王。她要让它们亲密地依偎在一起，陪伴丈夫。

丈夫离开了家乡。一年，一年，又一年，杳无音讯。

新嫁娘守在家里，不敢离开村子一步。一年，一年，又一年，漫长等待。

时间过得真快啊，快到好像她只做一件事情，那就是每到金秋收割时节，她都要选最漂亮、最结实的新稻草，给出远门的新婚丈夫做一双新草鞋。没有红头绳，她就寻找各种各样的碎布条来替代，这些碎布条虽然五颜六色，但摆出来的图案都一样—— 一个“王”字，边上伴着一片小小的叶子。

而时间过得又是多么慢啊，慢到新嫁娘一头乌黑的头发，硬是被岁月的风霜，一根一根全部染成了白雪一样的颜色。

战争早已结束，新嫁娘变成了老奶奶。

在太阳很好的日子，老奶奶就将她的草鞋拿到门口晒太阳。她担心草鞋发霉，还担心有小虫子啃她留在鞋底的那些特殊的记号——那可是她留给新婚丈夫的记号呀。

同样的一个有太阳的日子，她刚刚把草鞋搬到门口的一棵三角梅边上摆好，准备坐在小椅子上陪着她的草鞋们一起晒太阳，一抬头，发现一个小姑娘站在她面前，小姑娘一头短发，脖子上挂着一架像电影里打仗用的小炮筒一样的玩意儿。她一直盯着自己和那些草鞋看，就好像发现了稀世珍宝一样。

这个小姑娘，就是安西。

老奶奶很高兴，这个陌生的小姑娘突然出现在她的面前。说实话，她真是太寂寞了。村子里的人都走得差不多了，留在村子里的人也没人再对老奶奶和她的草鞋感兴趣，老奶奶是多么想对人讲讲草鞋的故事呀！

安西怎么也没想到，偶然的一次拉肚子，却让她听到了这样的一个故事，一个在偏远的乡间埋藏了几十年的故事！

她看着老奶奶，看着她花白的头发，看着她布满皱纹的脸庞，轻轻地问："新郎到底为什么一直没回来呢？奶奶您为什么不去找他呢？"

老奶奶满脸委屈地说："我也不晓得他为什么一直不回来呀！我到哪里找他呢？"

是啊！天大地大，老奶奶怎么可能去找他呢？安西觉得自己问的问题真是太傻了！

"再说，他说过让我等着他的，他说他一定会回来的。我就一直待在村子里，哪儿也不去。"老奶奶又加了一句。

说这话的老奶奶，不再有委屈的神情，她天真的样子，就好像一个孩子。

安西觉得心里很难受，她拿起相机，轻声地、像怕惊醒一个梦一样问老奶奶："我可以给您和您的草鞋拍张照片吗？"

"哦，是给我和我的草鞋一起拍照呀？那敢情好！"

老奶奶赶紧整理衣襟，坐正身子，她的那些草鞋们陪在她身边，一起对着镜头微笑。

透过模糊的泪眼，安西对着老奶奶和她的草鞋们摁下了快门。

七

童东和安西成了新闻人物。

因为他们拍摄的两张照片，让两位苦苦分别了几十年的老人重新相聚了。

所有的新闻媒体，都将这件事称为“镜头下的奇迹”，将童东和安西称为“创造奇迹的中学生”。

田田老师专门开了一场主题班会，她总结发言：“很多我们觉得奇迹般的事情，其实就在我们身边，在一些我们不注意的角角落落。所以，我希望大家都能像童东和安西一样，不要只做埋头书本和只关心自身的人。希望大家将自己的眼光放开一点，将自己的脚步放远一点。希望我们每个人都能在平凡的生活里发现奇迹。”

童东和安西，也坐在座位上静静地听着。

田田老师说得多好啊，但在他们心里，好像这些还不够。在他们心里，那些裹挟着岁月和硝烟的故事，那些难以想象的艰辛和孤独，那些漫长的等待和遥远的坚守，就像山间持续不断吹来的风一样，在他们心底回响。

梦中的橄榄树

一

从来没有想过有一天我的生活会有波澜。

因为我的生活向来是平静的，不会有第一名的惊喜，也不会有最后一名的意外；不会有老师欣喜的目光，当然也不会有他们愤怒的责骂。就是这样，我是一个成绩和相貌都处于中等水平的女生。

我每天早上一个人背着书包走进教室，晚上一个人背着书包走出教室。虽然没滋没味，却也并不感到特别难过。

妈妈说，初中毕业了就去读职高吧，学电脑、印刷技术，毕业了到大伯的厂里做事，估计你也没那个能耐考大学。

瞧，我的未来就是这样看得见摸得着的，一点都不令人向往和期待。

我的大伯在我们小镇开了家印刷商标的小工厂，规模虽然不大，生意还算不错，爸爸妈妈都在厂里做事。

我觉得这样也挺好，所以妈妈简单直白地给我规划未来的时候我也没有反感，我顶多对妈妈的最后一句话有一点点不高兴，因为我知道她说的是实话。

只是有时候放学，天空中的夕阳无限美好，我一个人背着书包走在路上，默默地凝望着遥远的天边那一抹神奇而璀璨的夕阳，心里会突然涌上来一股陌生又热烈的情感。耳边仿佛缓缓地响起一首优美的旋律，一个清亮的女声在轻轻地吟唱：

为了天空飞翔的小鸟
为了山间轻流的小溪
为了宽阔的草原

流浪远方

流浪

这时候，我会忘掉一切，我好像变成了一只白色的小鸟，快乐地、自由自在地、高高地在天空中飞翔。

第一次听到这首歌是在一个初夏的傍晚，我像往常一样背着书包，一个人走在学校通往小镇子的马路上。突然，我被一辆在小镇子里从来没有见过的吉普车吸引住了——它静静地停在马路边上，披着一身军绿色；它的两侧画着一群人赤着脚走在草原上，他们长发披肩，神采飞扬，身旁鲜花盛开；它的四个宽大的车轮上满是泥浆，一看就知道是从遥远的地方长途跋涉而来；它一边的车窗开着，从里面飘出了优美的旋律：

为了天空飞翔的小鸟

为了山间轻流的小溪

为了宽阔的草原

流浪远方

流浪

那一刻，我感觉心好像突然被什么东西猛然敲击了一下。我站在那里，静静地听着那既神秘又清纯的歌声。我迷迷糊糊地抬起头，看见不远处的天空中横跨着一道非常亮丽的夕阳，好奇怪啊，我刚才完全没有看到天空中有这么一道夕阳呢。它是特意从天空的深处跑出来，为这辆陌生而神奇的车子、为这首长着翅膀的歌做注释的吗？

我呆呆地站在那里，直到那首歌唱完。

我感觉自己心里痒痒的，就好像有一只小鸟突然钻了进去，它在我的心里温柔地扇动着翅膀。

当然，这只是短短的一瞬。待我一步一步远离那辆车子，走进暗沉的楼道，跨进陈旧狭小的家门时，我差不多已经把刚才的一切都忘了。我还是那个普通的女孩，我漫不经心地放下书包，端起碗，一边往嘴里扒拉着饭粒，一边心不在焉地听着妈妈老生常谈的唠叨。

只是偶尔在放学的路上，当我猛然抬头，看见天边有一道亮丽的夕阳的时候，那只钻进我心里的小鸟会猝不及防地哗啦一下飞出来，让我感到一阵惊喜和快乐的眩晕。

我知道这种感觉很奢侈，我小心翼翼地拥有着它，不想让其他人知道。

当然，我知道它并不会改变我，这一点我很清楚。

直到班里新转来一个男生，我平静的生活因为他有了波澜。他有一双浓浓的剑眉和一双黑亮的眼睛，他那双黑亮的眼睛不找成绩最好的赵欣欣，也不找长得最漂亮的钱慧，而是莫名其妙地找上了我这个成天躲在角落里的女生。

二

“林依依！你知道文章中的这位女歌手吗？请你给大家介绍一下！”

那天下午，第二节课是语文课，我正坐在座位上走神，突然听到老师叫我的名字。

我慌慌张张地从座位上站起来，惊讶地睁大了眼睛。好奇怪呀，老师怎么会想到叫我回答问题？而且是回答这种超出课本的高难度问题！

一定是老师看到我在走神，特意将我叫起来的吧。

可是，老师没料到，因为那个黄昏，因为那首歌，因为那首歌飞进我心里的小鸟，在一个作业很少的周末，在一个天边同样布满亮丽夕阳的傍晚，我忍不住特意上网查了那首歌的资料，原来那是一首十分有名的歌啊！

我结结巴巴地回答完这个问题后，感受到了来自老师和全班同学惊诧万分的目光。而这其中，明显地裹挟着像盛夏正午的骄阳一般灼热的目光！它们直直地落到我的脸上，那种强烈的烧灼感让我不由自主地抬起了头。

我看到了那个刚刚才坐进教室上课的新转来的男生，他正用骄阳一样的目光盯着我！

我的心猛地一跳，惊慌地垂下了头。

这个男生怎么啦？就算我偶然回答出了一个问题，也不用这么激动吧？他干吗这样看着我啊？

到了课间，这个男生更奇怪了——我想起来了，他的名字叫秦浩——他一会儿转过头看我一眼，一会儿又转过头看我一眼。有时候好像想冲过来和我说话，但刚站起身，就又坐下了。

我从来没有被人这样关注过，关键是我拿不准他是不是真的在关注我，因为我想不出他关注我的理由。我既紧张又气恼，不自在地窝在座位上，连去厕所都不敢。

“新同学，怎么啦？你喜欢角落里的林依依？”班上爱八卦的王建宇突然蹿过去，一把揽住了秦浩的肩膀。他满脸坏笑地朝我眨眨眼，然后凑到秦浩耳边，故意用足够大的声音说，“你这眼光也有点太差了吧！”

正从外面走进教室的钱慧有点诧异地看了看秦浩，又看了看我，风吹银铃一般发出一阵清脆的笑声：“王建宇，你又在使坏了是吧？别欺负新同学！”

坐在我左前排的赵欣欣转过头来看了我一眼，又满脸不屑地转了回去。

我知道赵欣欣心里一直不爽，因为我回答出了那个本来应当由她回答的问题。

有两三个正在过道里闲晃的男生，听见这边的动静后唯恐天下不乱地围了过来。

我气得眼泪差点儿流了出来。这个王建宇！我又没惹他，我也从来不惹大家，从来不在教室里发出声响，他为什么要开我玩笑啊！

早知道回答出一个问题会惹来这么多麻烦，我干吗逞能啊！我如果像以前一样说我不知道，然后低眉顺眼挨老师一顿训，再坐下来继续发呆，该多好！

“你不要以貌取人！”

谁也没料到，秦浩竟然看着我，大声地说出了这样一句话，还满脸不高兴地一把推开了王建宇揽着他肩膀的手臂。

周围的人一下子没反应过来，全都愣住了。

我也愣住了，忘了自己在生气，我和大家一样，诧异地看着他。

秦浩的脸涨得通红，他好像下定了决心，猛地站起身，准备朝我这边走过来。

干什么啊！不要啊！我又没惹你，我也不认识你，干什么找我麻烦啊！

我紧张得全身的肌肉都紧绷绷的。

丁零零……

老天爷！最后一节课的上课铃声响起来了！真是救命的铃声啊！

秦浩再次看了我一眼，有点不甘心地坐下了。周围围着的几个同学意犹未尽地叹了一口气，一哄而散，各自回到自己的座位。

我感觉自己像一摊稀泥一样，一下子摊在了座位上。

三

我背着书包，脚步慌乱地走在回家的路上。

刚才，老师一宣布下课，我就拎起书包第一个冲出了教室。进入初中以来，这是我第一次在众目睽睽之下有这样扎眼的举动。

虽然我一直疑心刚才课间的一幕是假象，我一定是弄错了，他们关注的对象不可能是我。可是，我心里还是无端地恐惧。我想，我一定要早早地逃离现场，可不能再像一只掉到陷阱里的小兔子那样可怜无助了！

好了，终于进入小镇子了。这里沿街摆着一个接一个的货摊，到处都是下班和买东西的人。我混入其中，就好像一滴水滴汇入了河流。

我放松了下来，心情一放松，就看到了前面的一个与众不同的小摊子。

这是一个新出现的摊子，它卖的不是柴米油盐、瓜果蔬菜，而是亮闪闪的碟片！旁边还有一台小小的播放机呢，机子正在起劲地播放着一首雄壮的歌曲。

不知为何，看见那些碟片，我突然想起了下午语文课上关于那位女歌手的提问和回答。我忍不住走上前去，轻轻地问那个留着长头发的年轻摊主，有没有她的碟片。

年轻摊主看了我一眼，没有回答我的问题，而是随手在排列整齐的一长列碟片里拿出一张递给我。

封面上，一个披着微微卷曲的长发的女人侧着脸，满怀憧憬地凝视着远方。

这幅画面让我一下子想起了那首歌，我听到了自己心里的小鸟扑扇翅膀的声音。

我毫不犹豫地从口袋里掏出钱，递给摊主。

这是我有生以来第一次买碟片，但我们家根本没有放碟机！

突然，从我身后伸过来一只手，一下子将碟片抢了过去："林依依，这是不是买来送给我的啊？"

我吓得差点跳起来，一回头，秦浩正笑容满面地站在我的身后！

“你别吃惊！我是浩子啊！那个六年级的时候跟你通了一年信的浩子！”

浩子？通信？他在说什么呀？

“下午在课堂上听你回答了女歌手的问题，我就猜你肯定是跟我一直通信的林依依！我们不是一直在信里谈论她吗？告诉你，刚才我一直跟在你后面呢！看到你买这盘碟片，我更加确定你就是林依依！”

秦浩漆黑的眼睛兴奋地盯着我，盯得我大脑一片眩晕。我傻乎乎地咧开嘴，随着他一起笑起来。

“浩子？浩子啊……”我出神地一直念叨着这个名字。

“对啊，对啊！我就是浩子啊！没想到吧？我们现在竟然在同一所学校！”秦浩更加兴奋了，白净的脸激动得一片通红，“还记得吗？你在后面几封信里一直在谈论等你上大学的时候，也要像那个女歌手一样独自旅行！你还把她演唱的歌词全部抄下来寄给我了呢！你还记得那些歌词吗……”

秦浩语气热切，神采飞扬，他站在我的眼前，就像是一位魔术师，一下子把我紧闭的心门打开了。我清楚地听到我小心翼翼地关在心里的那只小鸟，哗啦一下张开翅膀，毫无顾忌地一飞冲天！

为了天空飞翔的小鸟
为了山间轻流的小溪
为了宽阔的草原
流浪远方
流浪

好像梦游一般，我感觉自己现在就是那位外出旅行的女歌手，披散着一头卷曲的长发，背着重重的行囊，穿着厚厚的山地靴，正一个人朝着鲜花盛开、溪水潺湲的草地走去……

“我真喜欢那首歌，真想像她那样独自去远方！”我神思恍惚地看着眼前的这个自天而降的男孩，嘴里嘟哝出一大串陌生而新奇的话，“可是，我还不知道我的梦在什么地方呢……”我有点羞愧又有点惶恐地住了口。

“我也不知道！你在信里还问过我，直到现在我也说不清楚，管它呢！”男孩豪爽地一挥手，“我想它一定在很远的地方吧！”

“嗯！应当是这样吧！肯定不在这里！”

我的眼睛掠过眼前大大小小的摊子和熙熙攘攘的人流，一直望向高高的蓝天。我看见，我的小鸟正在朵朵白云间快乐地翱翔！

“你今年还参加‘好书大家读’阅读竞赛吗？你去年是不是没参加？我在获奖作品集里没有找到你的名字！”

秦浩的话像一支敌方突然射出的冷箭，一下子就射中了我的小鸟。我的小鸟一个趔趄，狠狠地从空中栽了下来！

天哪！天哪！我刚才是怎么啦？我都胡说了些什么呀！我在冒充另外一个人吗？另外一个名字也叫林依依的女孩?!

我脸色惨白地看着秦浩，发不出任何声音。

“好书大家读”阅读竞赛是我们省每年都要举办的一项大型读后感写作竞赛活动，昨天刚发的《中学生阅读》已经刊登了今年的竞赛启事。可是我从来没有参加过任何竞赛，我没有兴趣，也没有能力参赛。难道我冒充的那个林依依每年都参加，并且每年都获奖？

“你怎么啦？”我的脸色一定把秦浩吓得不轻，他凑近了些，一脸关切地问我。

我低下头，一句话也说不出。如果世上有时间橡皮擦的话，我会毫不犹豫地买来把刚才发生的那一幕全部擦去。

“我知道，你现在在这个班级待得有点不开心！”秦浩若有所思地看着我。

他一定是想起了下午课间的那一幕吧！那可怕的、让我无地自容的一幕！

我再也无法待下去了，我恶狠狠地从他手里抢过碟片，转身夺路而逃。

“为什么要在意别人的看法？你以前不是这样的啊！”秦浩在我身后大声地喊，他的声音里有一种不知所措的愤怒和痛惜。

四

夜已经很深了，窗外一片漆黑。小镇的夜晚十分安静，所有的灯都早早地熄灭了，只有一些不知名的小虫子自由自在地放声鸣叫。

这是我有生以来第一次，这么晚还没有上床睡觉。我第一次在这么安静的夜里，认认真真地想自己的事情，也想一些其他人的事情。我承认我想得很费劲，很吃力。在这些事情里，在那些事情里，在我稀里糊涂长到现在的很多事情里，如果仔细地想、认真地想，原来有那么多回忆令人伤心、令人遗憾、令人痛苦！

为什么我以前对这些事情一点感觉也没有呢？就好像我一直在打瞌睡，直到那个毫不相干的男生突然出现在我的眼前，我才清醒过来。

面对窗外漆黑的夜晚，我慢慢地闭上了双眼。

我的脑海里开始缓缓地重放着那一幕，那发生在下午放学路上小镇入口处的一幕。那是多么令人惊讶的一个场景呀！我心里藏着的那只神奇的小鸟突然一飞冲天，不管不顾地在蓝天中翱翔，我顷刻间变成了秦浩眼里的另一个林依依，那个林依依成绩优秀、阳光热情、有着自己美丽的梦想。她一定是成绩优秀的赵欣欣和天生丽质的钱慧的完美结合吧！

这样的林依依，是多么令人向往啊！

我深深地叹了一口气，睁开了紧闭的双眼。

我不是那个林依依，虽然我们的名字一模一样，但是我跟那个林依依相差了十万八千里。明天，我该怎样面对秦浩？是告诉他真相，还是继续这个美丽的误会？

说实话，这两种情形都不是我愿意选择的！我真的不舍得那个自天而降的男孩眼里的亮闪闪的光——面对那个优秀的林依依才会闪现出的亮闪闪的光！可是，我又有什么本事伪装那个优秀的林依依呢？那个充满热情，每次参加阅读竞赛都得奖的林依依！

啊，对了，阅读竞赛！

我像抓住一根救命稻草一样一下子激动起来，我一把抓过书包，胡乱地在里面找呀找，找到一张已经皱巴巴的报纸。

在报纸第一版最醒目的地方，刊登了即将举办的阅读竞赛活动的启事。

我一个字一个字地读着这篇启事，同时也在心里为自己的行为惊异着——我为什么要看这个啊！难道我还有兴趣、有本事参加竞赛？

其实，其实……为什么我就不可以呢？记得上一次竞赛，考试成绩经常排在我后面的陈晓甜还参加了呢！她还就读过的一本书，与优秀学生赵欣欣发生了激烈争论呢！因为赵欣欣说那本书没意思，可是陈晓甜特别喜欢看，她说她从来没有一口气读完过一本书，这本书是她一口气读完的，所以它就是一本好书！结果，因为那次吵架陈晓甜憋着一口气，第一次参加了那次阅读竞赛！虽然她最后没有得奖，可是在很长一段时间里，她一直神清气爽地嚷嚷着："好爽！"

也许，不管明天该怎样面对秦浩，至少，我是不是可以理直气壮地告诉他，这一次，我会参加阅读竞赛呢！

会不会呢？会不会呢……

窗外的夜色更加黑沉，小虫子的鸣叫一声接着一声，也一声比一声清晰……

小　青

一

刚接手四年级这个班没多久，我就发现班上一名叫小青的女生特别活跃。

有好几次，我在课间经过教室外面过道的时候，听到教室里传来非常响亮而夸张的笑声，探头一看，正是小青在笑，只见她手舞足蹈地站在座位前，一张黑黝黝的脸蛋笑得红通通的。

看到我从门口探进头来，她不仅没有收敛，反而笑得更厉害了，甚至还朝我含意不明地挥了挥手。

什么事情这么好笑？这挥手是表示友好还是挑衅？

我皱皱眉头，转身继续向前走。

我现在心情不好，不想管其他事情。

来到这所学校之后，我经常心情不好。

我高中的时候梦想考一所名牌大学的中文系，后来却只考上了本市一所名不见经传的师范院校；师范毕业的时候梦想进一家知名杂志社做一名文学编辑，现在却来这所大山深处的小学当了一名教师。

所以，我有理由经常心情不好。

由于心情不好，很多事情就会反应迟钝。接手这个班差不多一个月了，我还叫不全班上孩子的名字。

但这个名叫小青的女生，却好像有意要打破我的迟钝，她试图以各种方式唤起我的注意，让我时刻感知她的存在。

除了课间的喧闹，在课堂上她更是不甘示弱。提问的时候，她总是把手举到最高，不仅神情急切，身体还不安地扭动，好像不叫她站起来回答问题都不行。我总是被她如此明确的肢体语言感染，不由自主地就指向她，请她站起来回答问题。可有时候我并没有提问，只是稍微带点引导和疑问的口气，她也会迫不及待地举手，有时甚至等不及我叫她的名字，她就自己站起来说上一大通，引来全班同学的一阵哄笑。

我恼羞成怒，有一次忍不住狠狠地责备了她。

没想到我责备她的时候，她完全没有生气的表现，一直目光炯炯地看着我，一个劲儿地点头认错，她眼里的神情恳切而激动，就好像批评她也是她的一种荣耀，因为此刻，课堂为她停止，全班同学都在关注她。

我被自己这样的想法吓了一大跳。

我从来没有见过一个乡下孩子如此想要表现自己。

在我的认知里，乡下孩子、特别是乡下女孩都是腼腆安静的，她们缩在角落里，不想引人注意。在我们师范院校，就有一些这样的同学，他们沉默寡言，师范三年基本没有存在感。

何况，小青还是大山深处的孩子，一个从来没有走出过自己村庄的孩子。

唉，不管了，只不过是一个喜欢表现自己的孩子而已，我管那么多干吗？我自己的事情还忙不过来呢。

二

我自己的事情，主要是写作。

在师范院校读书的时候，我一有空就奋笔疾书，写下了一部厚厚的长篇小说。可是，毕业离校的时候，我却一把火把这部手稿全部烧了。因为王强说，这部作品看起来庞大复杂，实际上却是空洞无物、无病呻吟、胡编乱造，一句话，缺乏真挚的情感和生活体验。他还说，你为什么要写这种大而无当的文章？写有情感的内容不行吗？我虽然非常恼怒，但心里明白王强说得是对的。因为在整个写作的过程中，那种空虚的感觉一直在袭击我。那个长长的故事是我硬生生在学校的台灯下写出来的，它们甚至都没有感动我自己。

不知谁说过，连自己都感动不了的作品，怎么能感动别人呢？

王强是我这部手稿唯一的读者，他也是我在师范院校里唯一的文学知己。

王强运气真好，他因为在我们本市一家杂志社的刊物上发表过两篇情真意切的散文，毕业后就留在了那家杂志社做编辑。虽然不是名刊名编，却也足够让我眼红的。

我启程前往这所小学报到的那天，王强送我到汽车站。他双手叉腰，意气风发地说："谢小妮，我觉得你去这个基层的学校很好，你会接触到很多不一样的人和事，这会给你带来很多写作素材，对你的写作一定有很大好处！"

我毫不客气地说："那你怎么不去？要不咱俩换换？"

王强慌忙往旁边一闪身，好像我会变换身魔术一样。"杂志社编辑是谁都能做的吗？必须发表过作品、有一定文学功底才可以！"

我飞起一脚，踢在了王强的小腿上。

王强"哎哟"大叫一声，蹲下身一把捂住自己的小腿。他一边龇牙咧嘴地抚摸小腿，一边仰起头，激动地说："谢小妮，我知道你心情不好，你想踢就踢好了，我不会回踢你的。但是我想说，你如果真的热爱写作，就不要轻易放弃！一定要坚持，坚持，再坚持！"

好吧，我服了！这个王强！

我只好郑重地朝他点点头。

可是，事情说起来都是很容易的，如果做起来像说起来一样容易，那这个世界上到处都是功成名就的人了。

我躲在操场边上一片幽静的小树林里，抬头望着远处重重叠叠的山峰，长长地叹了一口气。

我们这所乡村小学，坐落在四面环山的一个小小的盆地里。老天爷好像对这里特别吝啬，既不肯赐予平坦的土地，也不肯赐予肥沃的土壤，连雨水的赐予都小气得很，总是下那么几滴就匆匆忙忙收场。这里到处都是石头山，山上稀稀拉拉胡乱生长着一些不入眼的耐旱灌木，只有在山与山的连接之处，才会出现一小块一小块的平地，这些平地都被勤劳的人们种上了庄稼，学校占据的这个小盆地也是其中之一。

这里连土地都那么贫瘠，王强居然还让我寻找写作素材呢！

我愤愤地朝周围沉默的山峰挥了挥胳膊。

不过，凭良心说，这里有一样东西是我非常喜欢的，那就是湛蓝的天空。

啊，我从来没有见过这么蓝的天空！

无论是遥远的天边，还是头顶上方，都是一样的蓝色。如果用一柄长长的剑刺进去，即便刺得再深，我相信里面也还是一样的蓝色。

来这里之前，我从来没有认真观察过天空，以前的天空都太普通了，我没有理由观察它。而现在，头顶的那片蓝色总是在诱惑我，我一抬头，视线就被它吸引，半天无法挪动。

这样每天都殷勤地蓝着的天空，需要一副好心情相配！

所以，每当这时，我就觉得心情变好了一点。

不，应当是那片蓝色让我的心情变好了。

三

小青竟然跟六年级的女生打了一架。

那个六年级的女生，比小青足足高出大半个头，胳膊比小青足足粗一圈。她正双手叉腰，气势汹汹地冲小青嚷嚷："你再惹我弟弟试试！"

在她的身边，站着一个小男孩，看样子应该是刚进校的一年级学生。小男孩长得虎头虎脑的，圆圆的脸蛋，圆圆的下巴，圆圆的鼻头，一双漆黑的眼睛滴溜儿转着，无辜地看着围观的人群。

小青站在高个女生的对面，她的一只辫子散开了，红领巾歪在一边，黑红的脸蛋上淌着两道脏兮兮的泪痕。她身前的地面，散落着几粒彩色玻璃纸包裹着的糖果。

“我没有别的意思，只是想给小弟弟吃糖。”小青小声地解释，蹲下身想捡起地上的糖果。

没想到高个女生踏步上前，一脚踩在散落的糖果上，还使劲碾压了一下：“没有别的意思？那你为什么一天到晚盯着我弟弟？你究竟想干什么？”

小青哭了起来，泪水顺着脸上脏兮兮的泪痕往下淌。她用力掰女孩踩着糖果的脚：“不要踩我的糖果……求求你，别踩……”

我实在看不下去了，我最讨厌恃强凌弱。我拨开前面围观的同学，上前大喝一声：“你们这是在干什么？在校园里吵闹，成何体统！”

她们两个人都惊吓地抬起头看着我。

我的目光锁定高个女孩，凶巴巴地训斥：“你作为高年级学生，欺负四年级的同学算是怎么回事？”

高个女生赶紧收回自己踩着糖果的脚，嗫嚅着说：“我没有欺负她，是她老惹我弟弟……”

趁这空档，小青飞快地捡起地上的糖果，转身就跑。

“小青，你跑什么！”我有点生气地朝她的背影喊着，可是她跑得更快了，转眼就拐进了教学楼。

我只好悻悻地转身，重新训斥高个女生："她怎么惹你弟弟了？她不是说只是给他吃糖果吗？人家一片好意，你踩人家糖果干什么？"

"不只是糖果，她还给我吃红薯片、蚕豆和花生呢……"一直站在旁边的小男孩突然插话。"她还说星期天带我到镇上玩……"

高个女生一把将小男孩拉到自己身边，一双手把他牢牢地圈在胸前："这个女生太奇怪了！我弟弟到学校报名的第一天，她就盯上他了。她的眼睛直勾勾地盯着我弟弟，一直跟在我们身后，就像要吃了我弟弟一样，真的很可怕！上次周末放假回家，她还跟踪我们！"

啊？这是什么情况？

我感觉头脑一片混乱。

我怀疑地问："为什么呢？她为什么要盯着你弟弟？为什么要跟踪你们？"

"我不知道。"高个女生摇摇头，满脸惊惧。"刚才在食堂吃完午饭，我刚跟弟弟告别，就瞥见她在后面跟着我弟弟，我就跟在后面看她又想干什么。她抓出一把糖果，一定要我弟弟吃，还说这是糖果，不是有毒的药……"

我听得浑身起了鸡皮疙瘩。

我瞥见边上有两名脸熟的女生，应当是我班上的，我一把揪住她们，问："最近小青有什么和大家不太一样的地方吗？"

一名女生惊慌地摇摇头："没……没有吧……不过以前她一直不爱说话，这学期突然话变得很多……"

另一名女生补充："对了，好像听她说过这个小男孩很像她弟弟……"

小青以前竟然不爱说话？她还有个弟弟？这是什么情况？

上课铃响了，我挥挥手把学生们都赶回了教室。

四

这件事情以后，小青像突然变了一个人似的，也许她以前就是这个样子。她上课不再举手发言，课间也不再喧闹嬉笑，她那张黑黑的小脸，就像深秋霜打的小草，蔫蔫的，再也没有了往日的光亮。我的眼睛一看向她，她就忙不迭地垂下眼帘，明确地表示不想回答任何问题。

这孩子究竟是怎么回事呢？她的事使我周末也心绪

不宁。

我长长地叹了一口气，一把抓起桌上的稿纸，揉成一团，丢进了桌子底下的垃圾桶。

今天周末，我本来想按照王强说的那样，静下心写一篇小散文。

可是，不知为何小青的脸总是出现在我的脑海。

我走出自己的房间，周末的校园空荡荡的。

天还是一如既往地蓝着，洁白的云朵悠悠然点缀其间。我深深地吸了一口气，这里的空气也跟天空和云朵一样一尘不染。

我抬腿就踏上了校门右手边的一条山道。

以前在城里，爬山被当作奢侈的出行，但在这里随时都可以踏上任何一条山道，这一点也是我很喜欢的。山道的两边，有很多叫不出名字的野花和野果，有各种鸟和虫子的鸣叫。有时，眼前还会突然出现一条小溪，拐一个弯，溪水又突然不见了，只听得见水流哗啦哗啦的声音，这些都令我十分喜欢。

这里的农户喜欢把家建在半山腰，家的周围，顺着斜坡被开垦成一小块一小块的庄稼地，而他们养的牲口，则喜欢像人一样到处闲逛。我经常会在山道上遇见一群散步的猪，或者几只爬山的羊，或者几只追逐奔跑的鸡。它们不怕人，倒是我经常被它们吓一跳。

我给王强发短信，告诉他山里的这些事情。王强回复我："说真的，我有点羡慕你，我觉得你一定能写出好作品。"

我笑了笑，没有对王强的话生气，因为我觉得王强这次说话挺真诚的。

至于能不能写出好作品，我发现自己也并不像以前那么在意了。

拐过一道弯后，远处的半山腰上出现了一户农家的房子。

爬到那户农家就折返吧，我给自己定了一个目标。

走得再近一些，开始出现顺着山坡开垦出来的庄稼地。这户人家一定很勤劳，这片庄稼地里的玉米已经长得有半人高了，占满了大半个山坡。

突然，庄稼地里传来隐隐约约的哭声。

我吓了一大跳，转身就往回跑。可刚跑了两步，我又停住了。

转过身，壮着胆子往前走了一小段路，透过空隙，我看到了坐在田埂上的一个瘦小的女孩的身影。

原来是这个小女孩在哭。

可是她为什么一个人躲在庄稼地里哭呢？她受了什么委屈呢？她应当是我们学校的学生吧？这些住在半山腰上的农家，家里的孩子基本上都是我们学校的学生。

天空很大，山很大，庄稼地很大，而女孩那么小，她的哭声也那么小。这样的画面突然让我有点难受，我站在那里，一动不动。

“小青，小青——”

突然，屋子里传来大声叫喊的声音。

小青？是我们班上的那个小青吗？

我还没回过神，只见那个正在哭泣的小女孩一下子站起身，用衣袖擦了一把脸，大声应了一声，就转身跑出来了。

果然是小青呢！

她跑出庄稼地，猛一抬头，看到站在路口的我，一下子怔住了。

她的脸上，还挂着没有擦干的两道泪痕。

原来，小青家就住在这里。

五

静默地站在玉米地里一座小小的土堆前，我不知该说什么，也不知该做什么。我只觉得心里像被一根看不见的针狠狠地扎了一下，生疼。

这里就是小青刚才哭泣的地方。

如果不是小青的妈妈告诉我，我肯定会以为这就是一座山里随处可见的土堆，我哪里料得到这下面埋着一个小小的孩子，一个仅仅在世间存活了三年的孩子。

他是小青的弟弟，一个长得虎头虎脑，有着圆圆的脸蛋、圆圆的下巴、圆圆的鼻头的可爱男孩。

他既不是死于疾病，也不是溺水或车祸而亡，仅仅是因为吃错了东西。

是小青给他吃的。

三年前，小青刚刚走进小学校门。她还基本不识字，所以她根本不认识瓶身上贴的标签，她也不知道那是给家里的牛治病的药，人是万万不可以吃的。

妈妈担心孩子们误食，把药瓶子放在了高高的衣柜上。

那么高的地方，小孩子看不到，即使看到了也别想拿到。

可是，偏偏小弟弟眼尖，他看到了衣柜上装着粉红色“糖果”的塑料瓶子。爸爸妈妈出门赶集了，赶集往往要一天的时间，要买回家里一个月的日用品。有时候，爸爸妈妈也会带一点糖果回来给他们吃，可大多时候都不会带，因为妈妈每次都会红着脸向他们解释：“唉，要买的东西太多，钱正好不够了！”

原来，妈妈在衣柜顶上藏了这么一大瓶糖果呢！

小弟弟兴奋极了，他要姐姐拿下来给他吃。小青也兴奋极了，她最疼爱小弟弟，小弟弟的愿望她当然要满足。何况，她也好想吃糖果呀！

小青搬来一把小椅子，站上去发现够不着。她又搬来一把大椅子，把小椅子放到大椅子上面，再站上去，还是够不着。

小弟弟嘟起了嘴。

小青想了一下，从椅子上跳下来，跑到屋后的菜园子拖来一根长长的竹竿。这下，不用站在椅子上就够得着了！

瓶子被竹竿一碰，咚一声，乖乖地滚到了地上。

小弟弟雀跃着捡起瓶子。

糖果真好看，嫩嫩的粉红色，味道有点甜，也有点酸，还有一点点奇怪的味道。小青和小弟弟都顾不上分辨，他们觉得很好吃，因为他们只有过年的时候才能吃到糖果。

糖果吃下去没多久，两人突然开始呕吐。

越吐越厉害，好像要把吃过的所有东西都吐出来。

再然后，小青就什么也不知道了。

小青醒过来的时候，是在医院里，已经洗过胃。

可是，小弟弟没有醒过来。

他被埋在了家里的玉米地里，这里的人都这样，喜欢把逝去的亲人埋在离家很近的地方。

“我刚上学的时候，弟弟特别盼望跟我一起上学。本来说好以后每天带弟弟上学，放学的时候再带他一起回家，中午在学校食堂吃饭的时候也带着他，我们学校别的姐姐都是这样带着弟弟妹妹的。”小青轻轻地告诉我。

“嗯。”我点点头。

“那个男孩长得真的好像我弟弟啊，眼睛、鼻子、嘴巴都像，如果我弟弟长到这么大，他也到学校念书，就一定是这个样子的。”

我的脑海浮现出那个圆圆的脸蛋、圆圆的下巴、圆圆的鼻头的小男孩的样子。虽然我没有见过小青的弟弟，但我想，小青的弟弟应当就是这样一副可爱的模样。

“那天是我弟弟的忌日，我特别想请那个小男孩吃糖，我特意跑到镇上买糖，真的是糖……”小青呜咽着说。

我拉住了小青的手，小青的手好瘦好小，带着凉凉的湿意。

“弟弟其实是被我害的！是我害的！我好想替弟弟活着，替他上学、替他举手、替他发言……弟弟很爱说话，如果他上学，一定是班上举手最积极、课间话最多的学生！”

小青号啕大哭。

原来是这样！

我一把将小青搂进怀里。

六

我和王强面对面坐在校园内一处平缓的山坡上，难得王强这么有心，他到镇上做一个采访，结束后特意绕道2小时，进山沟里看我。小青哭泣的样子老在我脑海里晃来晃去，晃得我好难受。

“如果生活在城市，这孩子早该看心理医生了。她独自一人承受这么大的心理压力，这三年是怎么过的……”王强摇摇头，心疼地说。

“如果生活在城市，也许不会发生这样的事，怎么可能因为想吃糖果就……”我难受地说不下去了。

我们都沉默了。

王强突然说：“谢小妮，你把这个故事写下来吧，这是一篇多好的作品啊！我之前就说过，你在这里一定会遇见不一样的写作题材！”

是吗？如果这就是好的写作题材，我宁愿不要遇到！

王强看看我的脸色，轻声说：“对不起。”

我摇摇头，慢慢地说：“这个故事应该写下来，但不是我写，我想让小青写。”

“让小青写？”王强惊讶地看着我。

“是啊，让小青自己写。你刚才不是说小青应该接受心理治疗吗？让她自己将这个故事写出来，把内心的痛苦和对弟弟的歉疚、怀念写出来，也许就是一种心理治疗。也许，她就可以把这件事情放下了。”

王强惊讶地、久久地看着我。

我被他看得不好意思了，“干什么啊！”

“谢小妮，我发现你现在真像一名老师了。”

“我本来就是老师啊！”

“我是说，你现在像一名好老师了！而且，我觉得你以后一定会成为一名好作家！”

王强说得很真诚，以后我究竟会成为什么样的人，我也不知道。我只知道，这里的蓝天、这里的白云、这里的山和这里的人，都会成为我生命中难以抹去的印迹。

并非青梅竹马

星期六的傍晚，家家炊烟袅袅，油香、爆炒辣椒的香味，甚至还有煎鸡蛋的香味，一阵一阵地，随着初秋的晚风飘来。

夏雨坐在门前走廊的小木椅上，膝盖上摊着一本厚厚的书，双手支着下巴，正痴痴地望向远方。

九月的天气真是舒服极了，总有微风在你需要的时候吹来，不凉也不热。

夏雨穿着一件白底黄色小花的连衣裙——这是妈妈特意为她初三开学做的，是第一件属于她的连衣裙，妈妈赶了三个晚上才做好的。夏雨非常喜欢这些小小的有着许多花瓣的小黄花，它们挤挤挨挨、热热闹闹地开遍了全身，带给她一种非常特别的感觉。

像现在这样，一个人在周末的黄昏坐着，膝盖上摊着书，看累了，目光便漫无目的地投向远方。时不时有风将裙裾吹得一荡一荡的，小黄花便像长了小脚一样围着她跳跃。这时，夏雨心里慢慢地涌上一股感伤的情绪。她不知道这是为什么，只是一味地沉醉在这样的氛围中，一动不动地坐着。

“小雨，摆碗筷吃饭。”妈妈在厨房里的叫声唤醒了夏雨，她快快地答应一声，拿着书站起来。

这时，对面的教学楼传来一阵杂沓的脚步声，还有男孩子的嚷嚷声。

夏雨迟疑地站住了。

不一会儿，教学楼拐角处涌出了一群男孩，夏雨一眼就看到了邓晓，他手里拿着一个分辨不出颜色的玩脏的排球，平日白皙的脸蛋此刻通红。他旁边是朱文和王勇剑，全是夏雨班上的，与夏雨一样刚刚升入初三，还不到一个星期。

夏雨知道他们每一个人的父母及家庭情况，因为他们的父母都在同一所学校工作，夏雨身后的一排平房正是他们的家，她坐着的长走廊，是大家公用的走廊，他们来来往往不知每天要经过多少回呢。

但夏雨已经很久没跟他们说话了——不知为什么，一升入中学，男生和女生都坚决地划清了界线，不说话，见面也不打招呼。夏雨已经整整两年没跟王勇剑他们说过话了，至于邓晓则更早，小学三年级就开始不说话了。

夏雨父母工作的这所学校建在前不着村后不着店的一座高高的山上，只有高中部。夏雨他们一直在小镇上念初中，平日住校，星期六下午才回家。

朱文、王勇剑老远看到夏雨，哈哈笑着在邓晓的肩头猛击两掌，然后跳着进了家门。

夏雨继续站在那里，假装没看见。

邓晓的家在长走廊的另一头，他回家必须经过夏雨的身边。

周围空无一人，夏雨又一次将目光投向邓晓，正像刚上初中不久时，在黄昏下他们无声约定的那样。

在邓晓的回视下，夏雨的脸习惯性地涨红了。她垂下头，感受到邓晓一步步走近。

在擦肩而过的一刹那，夏雨第一次在心里热切地盼望邓晓能与她说话，哪怕仅仅是一个字，只要一个字！

可是，邓晓一如往昔，垂下头，一声不发、略显僵硬地走了过去。

夏雨就这么背着身站着，直到他渐渐地走远，消失在走廊的尽头。

小时候的邓晓个子很矮，爱和同学恶作剧。有一次，他将一个点燃的、嗞嗞冒着青烟的小爆竹塞进了夏雨的棉衣领口。虽然夏雨没受伤，却吓得大哭起来。邓晓的爸爸是这所学校高中部的物理老师，把他狠狠地训了一顿，然后笑着对夏雨的爸爸——语文夏老师说：“唉，真是一对小冤家！”

这话被在一旁玩泥巴的王勇剑听到了，他一跃而起，逢人便说夏雨和邓晓是小冤家，小冤家就是小两口。

那时候是小学三年级，三年级的小孩已经懂得小两口的大致含义。夏雨又羞又气，从此看到王勇剑就瞪眼，看到邓晓则迅速地躲开。邓晓也急了，咬着牙跟王勇剑打了一架。

可瞪眼和打架都无济于事，直到小学毕业，关于“小冤家”的传闻一直在夏雨和邓晓之间喧闹不休，甚至连家长们都知道了。大人们才不当回事呢，只是一笑罢了。而夏雨总觉得心里被搁进了一点什么，这一点东西平常感觉不到，可只要一看到邓晓，心里就有一种突然被拉紧的感觉，不知在期待什么，还是恐惧什么。

离家上了初中，开始了独立的寄宿生活，夏雨、王勇剑、邓晓他们突然有一种长大了的感觉，他们都不约而同地将小学的一切留在了家里。在新的学校、新的环境，他们从不公开回忆往昔，也不结小圈子，只有在周末回了家，小学的一切，特别是关于“小冤家”的传闻，才在它诞生的家园被一遍又一遍地翻出来，像炒芝麻一样地炒呀炒。

升入初中的邓晓，突然蹿高了一个头，皮肤白白净净，眼睛细细长长，很清秀，心里的鬼点子却没减少。他好像不大爱坐下来看书，成绩总是在中游晃呀晃，不上也不下——关于邓晓，夏雨知道的只有这些，她没法了解得更详细，因为像班上所有的女孩一样，一到初中夏雨就断绝了与男生的一切语言交流。其实，远在这之前她就断绝了与邓晓的语言交流。

夏雨认为，邓晓在男生里并不出众，但自己心中的那点感觉非常奇怪地随着初中生活的一步步深入越发鲜亮。

这可能和经常性地翻炒“小冤家”的传闻有关，更与那个美丽的黄昏有关。

是什么时候的事呢？确切的日子夏雨已经记不起来了，只记得在刚升入初中的一个美丽的黄昏，夏雨拿着一本英语书，走在校园里仅有的那条林荫小道上。夕阳透过微显黄意的枝叶一丝丝倾泻下来，像空气一样无处不在地环绕着她，平常人来人往的小道，在那一刻却非常奇怪地只有她一人。

这时，在小道的拐角处，像梦似的突然出现了邓晓细长的身影，披着一身夕阳。

夏雨习惯性地想躲避，可刚成为中学生的自尊，以及在一刹那变得耀眼的夕阳，还有小道上那不寻常的寂静，成为涌在夏雨脑海中说不出的理由，使她往前走。

她感觉有比阳光更强烈、更耀眼的光落在自己的身上，她的脸越来越热，越来越热……

终于，她猛地抬起头，忍住强烈的心跳勇敢地凝视邓晓的目光。只是一刹那，他们便擦肩而过。

虽然两人没有说一句话，但夏雨心中那根绷得紧紧的弦却一下子松了下来，随之而来的是一种得到安慰或得到某种承诺似的轻松的心境。

在这美丽的黄昏下定的目光之约，一直持续了两年。只要周遭没有熟识的人，他们便永不失约地进行这种稍纵即逝的目光交流，然后安心地走开。

他们从不说话，真的，从不。

在家的日子总是一晃而过，星期天下午，刚刚成为初中毕业班学生的夏雨该返校了。她快速地量好够自己一个星期吃的米，带上妈妈炒的一大瓶菜，迈着轻快的步子踏进了初秋温和的阳光之中。

穿过到处晃动着高大的高中部男生和漂亮的高中部女生的人影的操场，夏雨拐上了门前一条直通自己学校的马路。

她忽然抬头，发现邓晓背着肯定也装着米和菜的书包在前面不远处一晃一晃地走着，西斜的日头将他的身影拉得长长的。

夏雨停下了脚步，朱文和王勇剑呢？为什么他们没有在一起？以前返校有时也会碰上他们，但都是他们中的两个或者三个在一起。夏雨照例不跟他们说话，只是跟在他们后面安心地走自己的路。有时朱文或王勇剑会在老远的地方冲着她的方向莫名其妙地大笑几声，邓晓则一声不吭。他们肯定在说我与邓晓的事，夏雨想。

夏雨正左顾右盼地寻找王勇剑他们的人影，人没寻着，邓晓却冷不丁回头望了一眼，夏雨吓了一大跳。在这个远离校园的地方，以前的故事无比鲜明地浮现在夏雨脑海，目光的交流似乎一下子变得如此软弱无力，他们无法像往常那样安静地走开，因为眼前有一条漫长的返校路，他们的方向一致。

就在昨天，夏雨还盼望邓晓能跟自己说话呢，哪怕是一个字。可现在，一阵不知所措的恐慌在心头涌起，想象两人的返校路是多么漫长啊，她只会用眼神与邓晓短暂地交流。她无法想象自己与邓晓该怎样打破无声的世界，共同走完这段返校路。

感觉快走到邓晓刚才站立的地方了，夏雨怀着绝望的心情抬起头，眼前却没有了邓晓的身影。原来他早已拐上了左边的一条田埂小路，与夏雨走的大马路隔着一大片田地。他正边走边往大马路上瞧，直到确信夏雨看到了他，才放心地回头往前走。

夏雨长长地松了一口气，同时心里又好像有一点失落。

天边夕阳的颜色正淡下去，四周长满即将成熟的秋季稻谷的田野一片寂静，马路笔直地伸向远方。路上没有人，也没有车辆。一刹那，似乎天底下只剩下了夏雨，以及在不远处走着的高高瘦瘦的邓晓。

他们就这样一前一后地走着，直到进入学校所在的那座小镇。

而此时的小镇，已开始零零星星地亮起昏黄的灯光。

进入初三，男孩子们似乎都意识到了这是初中生活的最后一年，再不跟班里的女生说话可就没机会啦！所以，几个星期后，后排的男女生之间开始找各种各样的借口说话，后来渐渐蔓延到中排和前排。

到快放寒假的时候，夏雨也已经习惯跟近旁的几个男生说话了。可是邓晓坐第五排，又与夏雨不是一个组，他们之间几乎找不到比如递本子、借笔、对答案等理由说话。

随着初三生活的一步步滑走，夏雨心里越来越着急，她吃惊地发现自己已把能跟邓晓开口说话看得比其他事情都重要，在她心中这似乎成了一个神圣的仪式。对这个仪式而言，似乎一般的话题（比如递本子等）和一般的场合（比如挤满了人、声音嘈杂的课间等）已不适用。

也许应像她上星期在家看过的一部小说中描写的那样，他们应在一间有着宽大的茶色落地玻璃窗的咖啡厅里，在朦胧的灯光下开始他们的第一句话。可夏雨她们这儿还没有咖啡厅呢，就连茶色落地玻璃窗也拿不准是什么样儿的。

或者，就像进入初三的第一个星期天的下午那样，在暮色渐浓的返校途中只有他和她，田野和道路都一片寂静。但此后的返校路上，却再也没有出现过这样的情景。

夏雨无论如何也没想到自己与邓晓会在那样的情形之下，开始他们中断了几年之久的说话。

期末考试前夕，天越发地冷了，北风将教室外面的树枝吹得噼里啪啦乱响，夏雨她们在树下走过时总是提心吊胆的。

这天，早自习铃声一响，作为学习委员和语文课代表的夏雨便拿着书冲到了讲台上，她要给同学们听写生字，这是语文老师在前一天布置的任务。

教室里一下子安静下来，大家都习惯性地合上语文书放在自己桌子的右上角，手里握着笔，抬头等着夏雨听写。

夏雨念一个字，停顿一下，等大家都写好了，再接着念下一个。

当念到“柯”时，夏雨听到几个男生嘀咕：“哪个ke呀？”这其中也有邓晓的声音。

夏雨不禁抬起头，见邓晓在周围几个男生的怂恿下正高高地举着右手，眼睛闪亮地注视着自己。

夏雨一下子慌乱起来，想无视他，又觉得不合适，这么多人都看着呢，搞得邓晓怪没面子的。

还没想好该怎么办，夏雨脱口而出：“干什么！”声音听上去凶巴巴的，夏雨自己都吓了一跳。

“ke字不会写！”周围同学的目光使邓晓也横了心，同样凶巴巴地回答。

夏雨更慌了，突然改用一种听上去非常陌生而遥远的温柔语调说：“‘柯’字不会写吗？就是‘木’字旁加一个‘可以’的‘可’字，知道了吗？”

刚一说完，她立刻呆住了。这可是小测验，算成绩的！自己这是在做什么呀？

同学们不满的目光从四面八方朝她射来，夏雨低下头，眼圈已经红了。

邓晓，你为什么要为难我呢？

在这学期余下的为数不多的日子，夏雨的心情时常沮丧着。她怎么也不明白自己与邓晓的开口说话会以这么一种近乎冲突的方式进行，而且是在众目睽睽之下！一切都猝不及防，没有意境，更没有温情，有的只是难堪的回忆。这种回忆一日深似一日地刻在夏雨的心头，使她再也无法面对邓晓的目光。

在临近期末考试的日子，夏雨坚决地取消了已持续了两年半的目光之约，她不是埋怨邓晓，而是无法忘记自己心里的失望和难堪。

初三下半学期，日子过得飞快，各种各样为中考准备的试卷、课外作业铺天盖地而来。

夏雨没有被压垮，越是临近大考，心里越是有一种拼搏的豪情。

那场深刻心头的与邓晓的第一次对话终于在这一日忙似一日的氛围中被逐渐淡忘，目光之约不知何时又一次在他们之间默默达成。没有过多的温情，只是于无人处匆匆一瞥，然后各自安静地走开。

这种交换目光的时候也并不多，邓晓似乎是第一次下决心用功，时常坐在教室里一动不动。夏雨看着书，心里有一种比交换目光更加踏实的感觉。

他们之间再也没有说过话（虽然夏雨几乎跟班上每一个男生都说过话了），似乎是不想再尝试，也似乎是没有必要。

日子就这样一天天过去，天气也一天天热了起来。

当夏天炎热的气息逼近，高考终于结束了，紧接着中考也结束了。

在那幢砖红色的教师办公楼的公告栏上，贴着一张考生志愿报名表，夏雨看见自己的名字高居第一，报的是省重点中学。她默默地往下找，看到邓晓报的是县重点中学。

其实在此之前，同学之间基本都已清楚各自报的志愿了。夏雨在填写志愿的一刹那，心里曾奇怪地掠过一个固执的念头：邓晓报的应该和我是同一所学校。后来听别人说他报的是县重点中学，夏雨没去找邓晓证实，也没想要他改志愿，更没想自己改志愿，她只是在心里莫名其妙地抱有一份含混的期盼。

初中生活的最后一段日子就在这样一种似在意又不在意、有所期盼又似乎无所求的状态中迅速滑走。

现在，站在公告栏前的夏雨盯着两个名字后面不同的学校，心情似乎变得有点忧郁。

七月的一个天气炎热的午后，阳光热烈地照在头顶，站在树荫下的夏雨被洒了一身细碎的光片。她穿着去年妈妈为她上初三赶做的那件开满了小黄花的连衣裙（现在裙子已有些短了），就这样披着一身光片在公告栏前静静地站了一会儿，正准备转身离去，身后突然响起一个陌生的声音："你报的是省重点中学吗？"

邓晓站在她身后，正含笑看着她。

"对，你报的是县一中？"夏雨听见自己用一种意想不到的柔和的声音回答他，同时还展颜一笑。

"以后可以与你通信吗？"

"当然可以，不过我还不一定能考上呢。"

"你肯定能考上！我考县一中应该差不多，我后半学期一直在拼命用功。"邓晓说。

谈话就这样进行着，同样没有想象中的浪漫，当然也没有上一回的尴尬，一切都正常得不能再正常了。在离开邓晓返回宿舍的路上，夏雨的心不再有失落的感觉，她高兴了起来。

也许他们之间本来就应该是这样，是什么使他们远离，同时又使用一种尴尬的交往方式呢？是关于"小冤家"的传闻？还是那个美丽的黄昏？又或是在返校路上一反常态的寂静？似乎都是，又似乎都不是，也许仅仅是他们处在这种莫名其妙的年龄。

夏雨却没想这么多，在等待通知书的炎热的日子里，她变得一天比一天开心。现在她能随时跟邓晓他们一起玩，有时到同学家串门，甚至外出爬山。不过她与邓晓没有单独相处，也就没有对似乎变得很遥远的目光之约进行谈论。夏雨耐心地等待着，也许在她离家上高中接到邓晓的第一封信中就会谈论，也许在高中快毕业时，再也许就是在进入大学时。

谁知道呢，不过夏雨坚信他们终有一天会谈起，会怀着一种可笑而又感动的心情谈起，那时他们一定都长大了。

女孩心语

美丽的心情，像水汽一样飘散在那些单调而平凡的读书的日子里。我一直相信：美丽的心情会使生活变得更加美好。

——题记

一

不知从什么时候开始，我喜欢研究性情。不光研究自己，我还喜欢悄悄地研究周围的人，比如我的同桌飞扬。我认为飞扬不仅人如其名，高高瘦瘦的，给人一种“飞扬”的感觉，而且她的性情也是这样，她胆子很大，不管是在老师面前，还是在同学面前，她都表现得潇洒自如，大方得体。

我与她就大不一样。记得在杂志上看过一篇评论一部小说的文章，作者和书名通通忘掉了，因为是课外读物，用不着像背语文课文一样背这些信息，文章称赞小说中的人物塑造得好："人各有其性情，各有其声口。"这句话我一下子就记住了，因为它很好地概括了我最近一段时间的研究成果——别看每个人都长得差不多，都是一个鼻子两只眼睛，可稍稍留意，就会被每个人各自性情的反差吓一大跳。我与飞扬谈得来，班上女生说我们都属于外向型性格，可如果换一种场合，我会变得木讷而呆板，不太会和人交流。

这令我在这所寄宿制的重点中学里感到一点点压抑，我不明白自己为什么不能像飞扬那样时时刻刻都很健谈，在不同的场合会有很大的反差。

我固执地认为这就是班主任非常喜欢飞扬，对我却容易忽视的原因，尽管我每一次的考试成绩都排在飞扬的前面。

我不知道男生对我的印象怎样，我很少与他们打交道，不是因为清高，而是因为不知道该怎样与他们相处。问题就在这儿，说出来也许令人难以置信，这种性格的我却一直偷偷地在与一个男生通信，从我进入高中开始一直到现在，已经持续了一年多。当然，这是我的一个秘密，连飞扬也不知道。

二

早读上到一半的时候，班主任老师走进教室，带着视察的意味在教室里走来走去，我一眼就看到她手里拿着几封信。我们的信从来不会直接送到我们手里，而是由传达室交给班主任，再由班主任转交给我们。还好，我们学校比较民主，没有班主任老师禁止通信、甚至私拆信件之类的事件。

班主任老师手里有一个信封是白色的，正是我非常熟悉的那种信封，我可以肯定那是我的信，是邓晓寄来的。

那一瞬间我有些心神不宁，在班主任老师经过我旁边时，我差点儿就要伸出手从她那里抽出那封属于我的信了。当然，我不可能这样做。别说我了，连飞扬也是不敢这样做的。我只有老老实实地静下心来，继续背英语单词。

我渐渐地忘掉了周围的一切，全身心地在稿纸上默写着刚刚背会的单词，不一会儿下早读的铃声清脆地响了起来。

我呼出一口气，很满意刚才的学习效果。不知道你有没有这种忘掉周围一切的体验，我经常能进入这种状态，一旦进入，就像在周围设下了一道隔音屏障，其他声音被过滤得干干净净，只剩下自己以及手头的事情。

飞扬对我这样的学习状态总是很眼红，她问我："你是怎么做到的？"

我想了想，摇摇头说："我也不知道，我也没做什么，大概是心无杂念吧。"

飞扬瞪了我一眼："你的意思是我心有杂念？"

我笑着说："谁知道呢？"

飞扬便扑过来打我，嘟囔着："还不知谁心有杂念呢，班上女同学就你的信最多！"

一提到信，我便有些心虚，我的信确实比较多，除了家里的信和邓晓的信，还有三五个初中关系要好的女生一直与我频繁通信。

现在，邓晓的信正被班主任轻轻地扔在我的桌上。我不经意地抓起来，夹进英语课本放入书包："我好饿呀，先吃饭吧!”

这回飞扬却有些不依不饶:“你先看信呀，没关系的，我等你。”

我不理她，站起来就走。

飞扬只好跟过来:“这种白色的信封好像每次都很准时，总是在临近周末的时候送到你手里!”

我心里咯噔一下，大大咧咧地说:“你别大惊小怪的!这种信封随便哪个文具店都能买到，你觉得它很特殊吗?”

飞扬望着我笑，没有说话。

我拿不准飞扬笑里的含义，我被她笑得有些心慌。我决定豁出去:“就是与男生通信有什么关系呢?班上很多女生都与以前的男同学通信呢!”

飞扬说:“我就没和男生通信。”

我想都没想就说:“那是因为近在咫尺，用不着通信!”

飞扬的脸色变得有些不快，声音也低下来:“你瞎说什么呀!”

“对不起，我说着玩呢!”我赶紧伸手挽住飞扬的胳膊。

三

“夏雨学友”，看到这四个字，我忍不住又一次笑出了声。邓晓写给我的第一封信就是这样称呼的，一年多来仍旧以学友相称。

当然，我在给他的信中也称呼他为“邓晓学友”。落款则有一些小小的变化，他自称为“学友：邓晓”，我则是“学友：夏雨”。

有好几次我都想将“学友”两个字删掉，直呼其名岂不痛快！但我不敢，不知为什么，心里一直有一种奇怪的感觉，似乎“学友”两个字更能给人一种安全感，它清楚地表明了我们之间堂堂正正的关系，我猜邓晓一定也有这种感觉。

不知当初是怎样开始与邓晓通信的，与现在一样，初中时的我也很少与男生接触，虽然我的好成绩总使我处于一种中心的位置。因为与邓晓家住得近，父母彼此也熟悉，才有一些零星的接触。第一次收到邓晓的信时，我既惊诧又兴奋。邓晓的信内容全是介绍他们学校的情况，到最后才提到我，“我觉得你是一个聪慧、富有活力的女孩子”。

正是这句短短的话令我感动万分，不是因为“聪慧”，而是因为“活力”。我在很多时候都表现得呆板木讷，有时感到很自卑。而邓晓却能透过表面现象看到我的内心，并第一次用语言表达出来。

由此我认定邓晓不是一个平庸的男孩，尽管初中三年他成绩平平。

邓晓的信使我在这个陌生的、高手如林的环境里悄悄地拥有了自信。

这一次邓晓的信摸上去特别厚，打开才发现里面夹了三大张手抄的数学试卷。邓晓在信中说：“这是我们数学老师不知从哪里找来的一套模拟试卷，题目又多又难，而考试时间只有90分钟！我们班绝大多数同学都惨挂红灯，我也未能幸免。抄了一份寄给你，你试试看，可能会比我们要好一些。”试卷后面还附了标准答案。

晚自习的铃声一响，我就摊开试卷，开始自我测试。偏偏飞扬将脑袋伸过来凑热闹：“这是什么卷子？没见过呀，还是手抄的！”

我板着脸说：“我只有90分钟时间，晚自习后再告诉你。”

飞扬无奈地撇撇嘴。

测试结束，仅仅65分，而且还是自我批改手下留情才获得的分数。

我心情沉重地叹了一口气。

“做完啦?”飞扬又一次凑过来。

“是的。”我说，“勉强及格。”

“有这么难吗?”飞扬将试卷一把抓过去。“这好像是男生的字迹。”

我抬起头说：“怎么啦?”

飞扬将头凑得更近了：“是谁？是我们班的男生还是其他班的？我知道了！一定是早上那个给你写信的男生!”飞扬的眼睛一亮。

我将邓晓的信拿给她。

“夏雨学友!”飞扬笑起来。

我不理她。

看完信，飞扬还给我：“原来是这样。”

我忍不住捂着嘴笑起来。

四

邻班发生了一件大事，而我们班的飞扬是事件的中心人物。

寝室里早已熄了灯，照亮女孩们脸庞的是一支闪烁着昏黄灯光的蜡烛。这帮平日里严肃认真的重点中学高一年级的女生们这会儿全都很兴奋，因为她们发现了一封信。

你想象得到吗？信上的称呼是“茹”。

“不信你们问飞扬！”因为激动，邻班的艳声音都有些颤抖。

飞扬在一边使劲点头：“茹是我们初中班上的一位女生，成绩糟得一塌糊涂，高中也没有考上！”

大家的嘴巴全张得大大的：“怎么会？白锐他怎么会——”

“但是茹很漂亮，很有气质。”

周围一下子安静下来，艳有些不自然地说：“至于嘛！”

艳是第一个发现信的人，是在教室里捡到的。她悄悄地请飞扬过目，然后她们俩一起找到信的主人白锐，将已经拆封的信交给他。据说，一向潇洒的白锐一刹那面红耳赤、手足无措。

艳之所以要请飞扬过目，是因为飞扬与白锐是初中同学，她和白锐比较熟悉。

我最佩服的是她们居然敢当面将信还给白锐，而且还是拆了封的！在我看来，这是一件令双方都很难为情的事。

五

我最喜欢在黄昏的时候踏上这条小路。

这是一条由教学楼通向食堂的小路，每日三餐小路上的人们来去匆匆。而吃饭时间一过，它立刻会变得寂静无声，没有人想到要在别的时候来这里，这里只有我和在小路上蹦跳着寻找食物的小麻雀。

小麻雀喜欢歪着头看我，看一眼还叫一声，我猜这是小麻雀在向我打招呼，我便朝它点点头，同时用友好的笑容回应它。但每当我一步一步靠近它的小身子的时候，它却倏的一声，毫不客气地飞走了。小麻雀的这种举动总是令我有些难为情，我不知道它是不是真的看得懂我的笑容。不过，只要有小麻雀歪着头看我，我就愿意用笑容回应它，这总会使我心情愉悦。

黄昏对我而言是很重要的时光，初中的时候，我喜欢在黄昏时分看课外书。现在没有时间看课外书了，我就用它来对付最难的功课，比如一些专业术语、古文句式和容易混淆的物理公式、化学公式等。每天黄昏，我拿着一本书，一个人走在这条寂静无声的小道上，逗逗小麻雀，看看天边的云彩，再集中精力将功课刻在脑海，这种方法真的很管用。

当然，在收到邓晓来信的日子里，我也总是在黄昏时分重读这些来信。这时，小麻雀和云彩都已离我远去，我一个人静静地走在小路上，将已经匆匆忙忙看过一遍的信重新打开，一个字一个字地再读一遍。我不知道我为什么要这样做，邓晓的信内容向来平平常常，我们的关系一直维持在学友范围之内。但是每次来信时间都准确无误，那不变的白色信封和蓝色的钢笔字，都会在我的心里唤起一种无言的欢欣，使我愿意在紧张的学习之余匀出时间，以平静的心态面对它。

但这一次，我的内心不再平静。因为他说："请接受我的谢意，是你的来信使我一次又一次地看到了自己的潜力。我相信你是个与众不同的女孩！"读这些字的时候，我的心怦怦直跳。

这次期中考试，邓晓初露锋芒，本来成绩排在中下游的他突然挺进了前五名，令所有的老师和同学大吃一惊。现在，他成了进步的典型，成天被老师要求分享学习经验。“这种被人关注的感觉我从来没有过，不得不说，这种感觉非常好。”邓晓说。我能感觉出他心里的那份小小的得意。

仔细一想，我并没有在信中对邓晓说过特别的话。之前我一直相信邓晓不是一个平庸的男孩，迟早有一天，他会脱颖而出。但不管怎样，能得到如此真诚的谢意和赞誉，这是一件多么令人快乐而自豪的事呀！

这封信我没有给飞扬看，只是悄悄地拥有这份快乐和自豪，有时甚至连班主任的忽视也变得有些微不足道了。

其实我也应该好好地感谢邓晓，他使我更加自信。

六

星期五邓晓如约来信，既给我带来了惊吓，也带来了惊喜。

信封里夹着一张照片，是一张一寸照。照片上的男孩眉清目秀，嘴角含着笑意。

我从来没有仔细地观察过邓晓的五官，而现在，邓晓的形象清晰地呈现在我的眼前，除了最初的惊吓，随后而来的也有惊喜。

邓晓在信中说，与同学在街上散步，经过一家照相馆时突然心血来潮，进去拍了一张照片。“拍照片时有些尴尬，希望你不要见笑。”邓晓这样解释。

尴尬吗？我却一点也看不出呢。

快上晚自习时，我忍不住将照片拿给飞扬看。

飞扬认认真真地审视了足足两分钟，才抬起头说：“这是你的学友吗？没想到这么有气质。”

“气质”一词，显然比“眉清目秀”更有说服力。我接过照片，重新装入信封中。

“你也准备回送他一张吗？”

飞扬的话吓了我一跳，这一点我从来没想过。我想了想，有些迟疑地说：“好像没这个必要吧。”

飞扬正要开口，班主任随着上晚自习的铃声走进了教室，我们只好闭嘴。

刚翻开书不到两分钟，飞扬用手肘碰我，递过来一张稿纸，上面有一行字：

“你对爱情的看法是什么？”

我毫不犹豫地回答：“我一直坚信爱情是美丽而纯洁的，它会使我们积极向上，并积极向善。”

在我写字的时候，飞扬已经趴过来看了。我一写完，她就将纸夺过去，在一旁写道：“你是个十足的理想主义者！”

这时，我突然听到讲台上传来挪动椅子的声音，坐在讲台上批改作业的班主任正站起身准备绕过道巡视。飞扬闪电般地坐好，我则敏捷地将稿纸夹进手边的课本。要是这样的纸条被班主任看见，天啊，她不生气才怪！

在班主任一圈又一圈的脚步声中，我和飞扬都渐渐地静下心学习。

晚自习后我回到寝室，从床头摸出日记本，将我和飞扬的笔谈夹入其中。不知在什么时候，纸条上的问题会向我们走来。而我，一定会像我一直向往的那样，怀着最纯洁和最美好的情感，迎接它们。

换一种心情

昨天放学后我没有直接回家，而是去理发店，将一直留着的学生头剪成了长短不齐的碎发。照照镜子，真是好看。

“这个发型适合你！”留着长头发的理发师用手拂拂我的新发型，对着镜子里的我赞叹道。

我甩甩头发，对他微笑。

“染色吧，黄色、红色都适合你！不骗你，保证比现在更好看！”理发师又一次游说。其实，刚才在剪发的过程中，他就一直在游说，而我一再地在脑海里想象妈妈得知我染发后的场面才抵挡住了他的诱惑。我也知道染发后更好看，可是，我实在不敢太放肆。就现在这个发型，已经足够引起家庭地震了。

推开家门，爸爸妈妈已坐在饭桌前。

“今天怎么这么晚……”责备的话还没说完，妈妈突然注意到我的发型变了，她立刻尖叫起来：“你的头发怎么啦？你怎么变成了一只小刺猬？”

“哈哈，老妈，这是小刺猬？您看清楚，这是当下最时兴的发型啊！”

“好好的头发弄成这个样子，像老鼠啃过似的，还最时兴的发型！”

妈妈最喜欢我留那种乖乖的发型，自从上了初中，一对长长的辫子咔嚓一声剪掉后，我就一直留着那种乖乖的学生发型。“真是一个可爱的小淑女。”每次洗完头，对着镜子梳那一头柔顺而整齐的头发时，妈妈总会站在一边满意地赞叹。

但现在，我想换一种形象。

那就从头发开始。

好在爸爸向来是宠我的，他用手势止住妈妈的尖叫，说：“换个发型也不错，看上去挺利索的。”

妈妈心有不甘地咽了口唾沫，伸过手来拽了拽我几根长一点的头发："只剩这么一点头发，怎么也不跟妈妈说一声啊？"

妈妈，对不起，我没有向您请示，我只是迫不及待地想要换一种形象。

今早到校，我的新发型引起了一阵小小的轰动。"太酷了！"我的同桌涛说。但我没心情理他，我的眼睛一直盯着教室门口。

我终于看到皓与花儿走进了教室，皓在前，花儿在后，好像是不经意一起走进教室的。但我知道，他们肯定是约好了一起到学校的。并且，在进校门的前一刻，他们肯定还拉着手。

因为昨天中午，我亲眼看见他们手拉着手走在街头。

昨天午饭后，我扭头对坐在我后排的花儿说："中午一起到街上逛逛？"妈妈快过生日了，我想送她个小玩意儿或者贺卡。

花儿犹豫了一会儿，说："改天吧，我中午可能有事。"

"什么事？出去玩儿吗？"我嬉皮笑脸地问。

花儿红着脸用手打我："什么呀！我想提前把作业写完，晚上可能有事。"

“哈哈，那就是晚上要出去玩儿了！”

“不跟你说了！”花儿不理我了，埋头从书包里掏出英语书和练习本。

瞧瞧，这还算是我的好朋友吗？

可花儿是个说一不二的家伙，我无可奈何，只好一个人逛街，去不成我会很难过的。

出校门往右拐，走到十字路口再往右拐，就来到一条虽然狭小但很热闹的街道。这里的店铺一个挨着一个，全是我喜欢逛的：音像店、饰品店、玩具店、文具店、书店……我在音像店里逛了逛，就到隔壁看那些琳琅满目的小礼品。最后，我挑了一张上面挖了很多小洞的贺卡，作为送给妈妈的生日礼物。

正要往外走，一抬头，我看到了街道斜对面玩具店门口的花儿，她正在看门口高高挂着的一个绒布小丑娃。

嘿，花儿这是什么意思！

我很生气，正要冲过街道质问她，没想到台阶上突然又出现了皓，皓手里拿着两支冰激凌，像一朵向日葵一样灿烂地对着花儿笑。

我停住脚步，呆呆地看着他们。

他们这是在——谈恋爱？我最要好的女同学和最欣赏的男同学，他们在谈恋爱？我怎么一点也不知道？

花儿见到拿着冰激凌的皓，满脸羞涩。皓呢？我转眼去看皓时，他正在仔细地撕冰激凌的包装纸，撕好后递给了花儿。

花儿接过冰激凌，幸福地笑着。

皓好像是在问花儿要不要那个绒布小丑娃，花儿摇了摇头。

接着，他们手拉着手一起朝前走了。

我站在书店的门里面，一直望着他们，直到他们的背影消失。

我很伤心，伤心到泪水一瞬间就涌出了眼眶。不光是因为花儿骗了我，还因为皓，这个一直让人感觉相处舒服、细心体贴的男孩。

我不可抑制地想起中秋节的那天晚上。

因为中秋节从来不放假，所以在我的记忆里，这个美好的节日好像从来没有被认真庆祝过，更没有在学校里庆祝过，顶多在家跟爸妈吃几口月饼。月亮呢，好像也不曾欣赏，因为作业不会因为过中秋节而减少。

这一次，我们的班主任突然诗兴大发，要全班同学一起过一个浪漫的中秋节。这个中秋节正好在周五，我们可以从容地吃着月饼赏月。

我们的节日活动分为两个阶段，第一阶段在教室表演节目，第二阶段则到操场吃月饼赏月。

我们围成一圈坐在教室，点上蜡烛，听皓弹着吉他唱歌。皓是我们学校小有名气的吉他手，但在晚上听他伴着吉他的歌声，还是第一次。

我从来没有想过，在摇曳的烛光里，清澈的男声与略带忧郁的吉他声居然这样打动人心。

我坐在烛光的阴影里，眼眶里含着泪水。其实歌词并不忧伤，只是一种轻轻地诉说，我也不知道自己为何会这样伤感。

我站起来，悄悄地走出了教室。

此时的操场安静得像一片从未有人踏入的土地，只有一些秋虫的细碎的歌声，更加深了这安静的氛围。月光将大地上的一切，都带进一个梦幻神奇的世界。

我站在教学楼前的小花坛边上，看着这陌生的、安静的一切，再一次热泪盈眶。

啊，这一次不是因为伤感，我只是被这样的一片纯净的天地深深触动。我也不知道自己怎么了，为什么会不明所以地掉眼泪？

“怎么啦？一个人跑出来发呆？”突然，身后响起一个男生轻柔的声音。

居然是皓！他看见我在他弹着吉他唱歌时离开了吗？

我有点意外，又有点不好意思地转过身：“没什么，不是你的歌唱得不好，而是……我也说不清楚，心里突然有点难过。”

也许皓看见我依旧潮湿的双眼，他轻轻地笑起来：“要不人们怎么说现在处于雨季呢，原来是我们眼睛里总会无缘无故地飘雨。”

皓真是一个幽默的男生！我笑出了声，也顾不上感伤了。

皓却安静了，静静地注视着眼前的这一片天光，他也被感动了吗？

我陪着皓，一起再一次被眼前安静的氛围感动。

我不知道这件小事有没有给皓心里留下一点什么，在我心里，却开始固执地认为皓与自己心心相印。总有一天，我们会再一次在一种特殊的情境下——也许依旧在月光里，也许在黄昏，又或是在一个下雨天，一起沉浸到一种只有我们俩才能体会到的心情之中。

而现在，与他拥有同一种心情的，是花儿。

我突然有点讨厌自己乖乖的学生头，以及身上穿着的那一套带花边和腰带的淑女裙。

现在顶着一头碎发在教室的感觉真好，当我看见皓和花儿一同踏进教室，惊讶地站在我面前时，我甚至对他们笑了笑。

“哇，小淑女换发型啦！”花儿说。

“嗯，挺不错！”皓一本正经地评论，“是另一种风格！”

在他们眼里，一切仅仅是发型的改变吗？也许在他们心里，我仍然只是他们一成不变的好朋友。

他们当然不知道我内心的真实想法。

中午，我趴在桌上做练习题。我想，花儿和皓今天中午会到哪里去呢？还是到街上吗？在这样秋意渐浓的天气，皓还会给花儿买冰激凌吗？

正在我想入非非时，花儿用一支铅笔在我书上使劲敲了几下：“陪我去逛逛！”

“不讲理。”我放下笔，有点无奈地看着花儿可爱地嘟着嘴。

也许花儿真的比我可爱，比我讨人喜欢吧。在我们班里，花儿总是引人注目。安安静静的我，真的是她的陪衬吗？

“看着我干吗？我脸上有东西吗？”花儿很不满地一把抢过我手里的笔，并将我的课本合起来。“求求你，陪陪我，有事情要告诉你。”

有事情要告诉我？是什么事情呢？

我默默地随着花儿来到一片安安静静的小草坪上，秋天的阳光金子般在已经泛黄的草坪上跳舞，溅起一片又一片细碎的亮晶晶的光片。

“我恋爱了！”花儿站在亮晶晶的光片里宣布。

“啊？真的？和谁？”我装出惊喜万分的样子。

“猜猜！”花儿神情娇羞。

“快告诉我吧！”事实上，我无法说出那个名字。

“皓啊！”花儿已经迫不及待地叫起来。“我没想到皓也会喜欢我！我一直在暗中喜欢他！我真开心啊！你为我高兴吗？”

“啊，当然！”我笑容满面地说出这句话！

花儿紧紧挽着我的胳膊，脸热乎乎地贴在我的肩头。

我的心情被她感染，心里的难过居然冲淡了一些。

下午放学，我仍然没有直接回家。我去服装店挑了一件长长的淡蓝色长袖，以及一条有很多个口袋的肥大的裤子，这一套装束与我的短碎发很配。

我要将身上的裙子换掉，我希望这种彻底的改变会使我拥有一种新的心情。

走在回家的路上，我忘了皓和花儿，一直在担心妈妈。当她看见自己的乖女儿突然变了风格时，会不会惊讶？

我真希望爸爸妈妈不要问我原因，也许很久以后我会告诉他们。而现在，我只想一个人，慢慢遗忘。

秋　瑟

一

这个秋天仿佛是一夜之间突然降临的。

头一天还是只需穿短袖和裙子的盛夏模样，一夜风雨过后，早上起来，就有了初秋的寒意。

窗儿套了件外套，但早秋的晨风还是让窗儿打了一个寒噤。

她突然想起了修河。

这条环绕县城的河流在秋天是什么样子呢？水波还是曲线优美地在河床上跳着舞吗？那些鹅卵石呢？还是安安静静地躺在河底，默默地想着自己的心事？老槐树的叶子开始变黄了吧？树底下的大青石板，现在坐上去一定冰凉冰凉的。

开学后，窗儿就再也没有去修河边上了。算一算，已经将近一个月了。

“为什么不去？现在天黑得还是挺晚的，我们可以背重点和难点，我觉得这样效果很好。”走廊里，涛趁四下无人，悄悄地问窗儿。

窗儿摇摇头，说：“在路上浪费的时间，不如多背两个单词呢。”

涛无话可说，因为高三每一分钟都很宝贵，尽管走到修河边上只需要十多分钟。

涛不知道的是，窗儿说谎了，浪费时间不是她不去修河的真实理由。

实际情况是，新学期开始后的一天黄昏，窗儿吃过晚饭，拿了一本英语书，正要像往常一样去修河边时，电话响了起来。窗儿刚接通电话，一个陌生的、气急败坏的声音冲窗儿吼道：“告诉德子，他跑不了！我会找到你们家里来的！”

德子是窗儿爸爸的小名。

窗儿呆了好一会儿，正准备问清楚时，话筒里已经是一片忙音了。

窗儿脸色煞白地告诉正在厨房里收拾碗筷的外婆，外婆的脸吓得比窗儿还要白。“你爸爸在外面惹祸了！他们要找我们麻烦了呀！”

窗儿抓着外婆的手，很后悔自己的莽撞：“外婆别怕！我们又没干坏事，他们找我们麻烦干什么！”

从这天开始，每天一放学窗儿就迅速回家，也不再出门，就和外婆守在家里。有时爸爸难得早点回来，就笑她们：“你们太敏感了！我不偷不抢的，谁会找我麻烦！”

窗儿看了一眼爸爸，满脸不信任。爸爸低头继续吃饭，不知是没看见窗儿的脸色还是装没看见。

二

“嗨！”一个听上去有点陌生的声音在耳边响起，窗儿已经一动不动地望着河面好长时间了。

她不知道在想什么，河水里有被水波揉碎了的晚霞，有灵巧的黝黑身子的小鱼，有躺在浅黄沙床上默不作声的鹅卵石。她眼神恍惚地一一掠过眼前的景象，直到在半空中无形游走的思绪被那一声陌生的“嗨”打断。

窗儿扭头一看，是涛，一个小学与自己同班、到高中又成了同班同学的男生，与她同样在班里默默无闻。

小学时，窗儿个子矮，一直坐在前排，涛个子高，一直坐在后排，他们之间几乎没有过多的交流。

高中伊始，两人初见面时很惊喜，在往后的日子，跟这个高大木讷的男生一直也只是点头之交。其实不光是跟这个男生，窗儿跟班上大部分同学都是点头之交。高中两年，她一直沉浸在自己的世界里，像一朵花儿一样不记得舒展自己，也不记得欣赏已经舒展了的别人。

现在，被像老朋友一样地打招呼，窗儿一时有点回不过神。

“我好几天都看见你坐在这里看书，这么用功啊。”涛竭力用随和的口气说话，但他的脸有点红，声音听上去有点紧张。

他是那种不太擅长与人交流，特别是与女孩交流的男孩吧。

“也不一定看书，只是喜欢这样坐着。”男孩的紧张倒让窗儿镇定下来，第一次有男生因为自己而紧张，窗儿心里有一丝小小的得意。

“看鱼游泳？”涛卖弄似的说，自己先笑起来，害羞中略带点窘迫。

窗儿的笑就放松多了：“一起看？”说着身子往旁边让了让。

窗儿坐在一块长长的青石板上，青石板的后面是一棵有年头的槐树，前面就是清清浅浅的河水了。

涛缩手缩脚地坐下，他的这种姿势再一次证明他是不习惯与女孩相处的。难道因为一连几天的偶然瞥见，使他突然对窗儿充满了好奇？

夏天的修河好不热闹，不远处的河心里，挤满了光着上身的孩子，五颜六色的游泳圈快乐地在河面上盛开，小孩子的尖叫声和妈妈们的尖叫声掺杂在一起，欢乐了河面上空的每一寸空气，感染了河边忙着洗衣服和路过的人。

窗儿非常喜欢坐在这样的一种氛围里看书，或者什么也不看，只是坐着发呆。从暑假一直到现在，每天黄昏窗儿都是这样，吃完晚饭以后（外婆总喜欢早早地做好晚饭），拿一本书，与外婆打一声招呼后就独自出门，匆匆到河边坐着。

大多时候，外婆只是叮嘱窗儿："天黑以前就回家啊！"有时候，外婆也会说："到你爸爸单位，看看你爸爸是不是又在加班，叫他早一点回来吃晚饭。"

爸爸的晚饭，总是他一个人独自吃。那时候，窗儿已经准备睡觉，或者已经睡着了。

窗儿到河边会经过爸爸单位，有时候她会问门卫，门卫笑嘻嘻地看着她，说："你爸爸在加班？哈哈！不知在谁家的饭桌上加班呢！"

窗儿羞红了脸，一声不响地转身就跑。

窗儿不明白，一个人怎么可以说变就变呢？妈妈生病走了以后，爸爸一眨眼就变成了现在这个样子—— 一个完全没有时间概念、对家人和自己都不重视的人。

这个暑假过完，就升高三了。窗儿知道时间如梭，但很多时候，她也只是坐在修河边上想念妈妈，想自己渺渺茫茫、无可把握的未来。

现在，身边莫名其妙地多了一个男生，这个男生脸上带着羞涩而真诚的笑容。

他令窗儿无端地觉得温暖并且安心，就好像从小学一年级开始，他们就是朋友。

窗儿注意到涛手里拿着一盒歌带。

“谁的歌带？”窗儿问。

“你可能没听过，很老的。”涛一边说，一边将歌带递给窗儿。

窗儿看着歌带上那个陌生的男子，“我还真没听过，他是唱什么的？”

“摇滚音乐，听我表哥说，他红遍了大江南北，我在表哥家里听了好多遍，今天表哥干脆送给我了。”

“那你一定早会唱啦，现在表演一下如何？”

“现在吗？”涛脸红了，尴尬地看看前面不远处热闹的人群，“我唱不出口。”

窗儿轻轻地笑了一声，不再强求。

“要不我借给你，你带回去听吧，保证你会喜欢！”

“你舍得吗？”

“当然舍得，如果你真的喜欢，我就转送给你。”

窗儿拿起歌带，再一次凝视那位歌手，想象不出他的歌声会带给自己什么样的感受。

三

放学了，但天色不算晚，还是透亮透亮的，美丽的夕阳挂在天边。只是吹过来的晚风中，夏的味道已经淡得没有了。

窗儿又一次抱歉地用眼神否决了涛的提议，仍旧急行军似的回到了家里。

掏出钥匙打开家门，没有闻到惯常的饭菜香味，窗儿奇怪地冲着厨房叫了一声外婆！

没有听到外婆的应答声。

窗儿一阵心慌，她冲进厨房，返身又冲进客厅，再冲进她和外婆合住的房间，脚步突然收住——外婆正坐在床边，手里拿着妈妈的照片，泪流满面。

“外婆！”窗儿扑过去，一把搂住外婆。

“窗儿，你爸爸竟然在外面借钱啊！”

“借钱？怎么可能？您怎么知道的？”

“讨债的电话已经打到家里来了！”

窗儿只觉脑袋嗡的一声，爸爸在外面借钱她早就知道，上次她接了那个电话以后，她也猜测爸爸是不是在外面借钱了。她没想到的是，爸爸不仅借了，数目还这么多，他还赖账！

“外婆活到70多岁，没欠过人家一分钱，没想到这把年纪了，还要跟着你爸爸丢人！”

“我去找他问清楚！”窗儿站起身就往外跑，不管身后外婆的焦急呼唤。

街道上人潮滚滚，窗儿机械地穿过人潮，站在爸爸单位门口。

“又找你爸爸？已经走啦！”门卫眼睛里含着笑，窗儿分辨不出那是同情的笑还是嘲讽的笑。

窗儿没问为什么还没到下班时间，爸爸就已经走了。她只是向门卫点点头，便转身离去。

夹在陌生的人群里，窗儿茫然地移动着脚步，她不知道该去哪里才可以找到爸爸。

等到惊觉街上人少了，天也快黑时，窗儿才发觉自己已经快走到修河边上了。

可是，这是修河吗？

窗儿惊讶地跑上前，目瞪口呆。

欢畅清浅的修河水完全变了一副模样，布满鹅卵石的河床看不见了，布满粗沙砾的河滩看不见了，那块长身子的大青石板也看不见了，它们一齐被浸没在深绿色的河水之中。只有那棵老槐树，在水面上探出大半个身子，远远望去，一派孤苦无依的凄凉景象。

哪里来的这么多水？修河怎么会突然暴涨，变得这样不可接近了？

一位白胡子、白眉毛的老先生在河边踱来踱去，窗儿忍不住在他第三次经过自己身边时，开口问他："老爷爷，这河怎么变成这个样子了？上游涨大水吗？"

老爷爷停下脚步，仔细看了她一眼："你是学生？很久没到河边来了吧？上游涨大水能涨成这个样子？"

"那是怎么回事？"窗儿焦急得问。

"修水库啊！你不知道吗？下面一直在修大坝，现在已经开始蓄水了。"

"修水库？为什么要修水库？"窗儿急得恨不能揪住老爷爷的白胡子。

老爷爷又仔细地看了她一眼："怎么？你不喜欢修河变成一座大水库？"

"我不喜欢！"窗儿说完，泪水差点儿汹涌而出。她顾不上跟老爷爷道别，转身就跑。

涛一定也好长时间没到修河边上了吧，他一定不知道一直清清浅浅流淌着的修河水变成了这样一个深不可测的水库！

窗儿一把推开门，外婆正焦急地坐在桌子旁边，等她吃饭呢。

“找到爸爸了吗？”

窗儿摇摇头，感觉累极了。

“先不管他，窗儿先吃饭，反正爸爸晚上要回来的，等回来再问他！”

“外婆，修河没有了！”窗儿说出这句话时，眼泪终于奔涌而出。

“窗儿怎么啦？”外婆吓坏了，一把抱住她，“什么修河没有了？怎么啦？”

“修河变成一座大水库了！沙滩看不到了，鹅卵石看不到了，那块青石板被淹了，那棵老槐树也被淹了！”窗儿靠在外婆怀里，号啕大哭。

外婆茫然失措地搂住窗儿，反复说着一句话：“窗儿你别吓外婆啊！窗儿你别吓外婆啊……”

半夜，窗儿被客厅里的喊叫声吵醒。

“您听谁说的？”

是爸爸的声音。

在寂静的夜里，这声音听上去多么陌生啊！

“讨债的电话都打到家里来了，你还要赖！你到底想怎么样啊？”外婆苍老的声音透着无助和绝望，“这两年，我本来以为你存了给窗儿上大学用的钱，没想到你还借钱！你不管我，也要想想窗儿啊！她明年就要上大学了！”

“上大学？就凭她的成绩，还想上大学？”

窗儿拿被子将头盖严实，双手使劲地捂住耳朵。两行泪水，早已顺着脸庞滑落。

四

再一次跟涛并肩坐在修河边时，窗儿已经觉得非常自然，也习惯了。

仍然是那盛夏河边特有的热闹，只是小孩子的欢笑声、爸爸妈妈们的吆喝声，还有水流的哗哗声，都渐渐地淡化成了一首轻柔的背景音乐，在耳边似有似无地轻吟，令人没来由地欢喜。

“真的很好听。”窗儿说。

“什么?”涛侧过脸问她,“水流的声音?”

“什么呀,”窗儿笑起来,“我是说这首歌。”

“哦!那当然!相信我没错!”涛有点得意,“我最喜欢这首歌了,好像内心的情感被唱了出来。”

窗儿点点头。

有很多无奈、有很多坦白,也有满满的不由分说的自信,被那样一种无所顾忌的开放的嗓音吼出来,深深地吸引着你,让你心里酸酸的,既伤感又振奋。

这首歌,窗儿也听了好多遍呢。

“还你。”窗儿将歌带递给涛。

“你喜欢就留着。”涛没接。

“这可是你表哥送你的呀。”

“没关系,下回看到我再买。”

窗儿不再坚持。

“今天你复习什么?”涛探过头来看窗儿带的课本。

“还是英语,我单词落下太多。很多单词都没有背熟,全混在一起了,再不背更来不及了。”

窗儿没有告诉涛,这个暑假一开始,她就经常做一个内容大致相同的梦,梦中总是考英语,而每次都是在考试的前一刻她才知道自己一个单词也没背，她在拿到考卷的前一刻拼命地翻书，可是已经来不及了。她就那样在考场呆坐着，焦灼地看着卷子上那些陌生的单词，一直焦灼到绝望地醒来。

“我总是忘记或者搞混数学公式。”涛说，“你说数学公式的这种记难点的方式非常好！很管用的！”

这种方法，窗儿是偶然在一本杂志上看到的。上面说，对于一些重点、难点，不妨抄在一个本子上，找一个自己喜欢的、有感觉的时间点，集中起来理解、记忆，效果会事半功倍。

而每天的黄昏，是窗儿最喜欢的时间段，那样的氛围能将一切都融到人的心里。所以，高二整个暑假的黄昏，窗儿都准备用来背英语单词。

其实窗儿明白，即使英语成绩提高了，于她也没有什么用处。还有数学，还有化学，还有物理，还有……这两年，特别是高二这一年，她欠下的功课太多，好像妈妈离开以后，一眨眼就是这样的局面了，拉都拉不回来。

可她还是想努力，在这最后的一年。

更何况，现在身边还多了一个也想努力的人。

一个本来毫不相干，现在却如此亲近和熟悉的人。

窗儿眼角的余光，看着身边正背数学公式的涛。她想，也许老天真的对每一个人都是公平的。

她现在很幸福。

五

噩梦的上演只需要一秒钟的时间。

当门铃响起的时候，外婆正在收拾碗筷，而窗儿刚刚坐到书桌前，准备做作业。

“这么晚会是谁呢？”窗儿听到外婆一边自言自语，一边走过去开门。

“这是德子的家吧？”是一个陌生的中年男人的声音。

“是，有事吗？请进来说话。”外婆客套着，声音里有掩饰不住的紧张。

窗儿一下子从座位上跳起来，真的有人上门讨债了吗？

“确实有事情，说出来有点不好意思。您是窗儿的外婆吧？我找不到德子，跟您说也一样，我跟德子是朋友，德子向我借钱不知您是否知道？他说好一年后还我的，现在早已到期，他却一直躲着不肯见我，也不接我的电话，我也是没办法……”

窗儿只觉头嗡的一声，真的上门讨债来了！她赶紧奔出去，奔到外婆身边，一把扶住外婆。

看对面那讨债人时，窗儿才发觉上门讨债的不是一个人，而是两个人。那个说话的中年男人的身边，居然站着一个高高大大的男生。窗儿觉得自己好像一刹那没有了呼吸——

那个男生居然是涛！

他们两人长得这么像，是父子俩。

涛奇怪地看着窗儿：“怎么会是你？这里是你家？”

在涛惊讶又疑惑的目光里，窗儿无地自容。

在两个小时以前，下午放学的时候，涛望着她的眼光是诚挚的，他对她说：“明天周末，下午抽时间一起到修河边上走走行吗？算是放松一下，学习太紧张，我很想念那块大青石呢。”

窗儿睁大眼睛看着他：“大青石早已埋到水里了，修河变成了水库，你不知道吗？”

“真的变成水库了？”涛也睁大了眼睛看着窗儿，“我听别人说过，但一直没去看，大青石真的埋到水里了吗？”

“是真的，不光大青石，还有河床、鹅卵石也都埋到水里了，不见了。还有那棵老槐树，只剩了一半身子在水面上，看上去很凄凉。”

涛笑起来，“没关系的！我们一起去，就不会觉得凄凉了！况且，水库会有水库的风景啊！你一个人看，可能还没发现呢。”

涛的话令窗儿有点难为情，她低着头不说话。

涛等了一会儿，凑得更近一点，轻声说：“算你陪我好不好？我真的很想去看看，看看变成了水库的修河是什么样子，还有那棵老槐树，还有大青石，还有鹅卵石。”

窗儿没法再拒绝，红着脸点了点头。其实她自己，也很想再去看看呢。

两个人一起去看，是不是真的会不一样呢？

“那说定了，下午三点，不见不散！”涛高兴地走了。

可现在是怎么回事？离下午放学只过了两个小时，涛怎么会出现在她家门口？并且，用那样一种陌生的眼光看着她？

窗儿不知道涛和他爸爸是怎样离开的，后悔和羞愧填满了她的心。她不知道自己为什么后悔、为什么羞愧，她被这两种感觉彻底击垮。

六

周末下午，太阳慵懒地挂在天上。

窗儿比约定的时间提前了半小时到达修河，她并不想履行约定，她已经无法面对涛。她只是想看看修河，就自己一个人看。

在秋天变成了一座大水库的修河寥落又寂寞，深绿色的河水踌躇着，不再像往昔那样欢腾流淌。远远望去，在秋天的阳光里，那棵老槐树的叶子似乎已经有了微微的黄意。

而夏天的老槐树是郁郁葱葱的，经过了太阳炙烤的叶子，每一片都绿得让人喜爱。

不过有一天，涛在大青石身上捡到两片凋落的黄叶，用两根很细的茎将它们连在一起。涛递给窗儿："它们真好，一起成长，一起凋落。"

窗儿轻轻笑了一下，接过来，小心地夹在英语书里。她在心里说，那就让它们继续待在一起吧。

不知道现在大青石的身上，是不是还有凋落的黄叶……

不对，现在凋落的黄叶不可能再躺在大青石身上了，它们应当浮在水面上不知所措，不知道河水会将它们载到哪里。

窗儿竭力在水面上搜寻，她好像看到几片小小的黄叶，正万分无奈地在水面上旋转。

四周寂静无声，反射着太阳光的河水灿烂无比。

一尘不染

一

终于下课了。

我忍住即将夺眶而出的泪水，在大家刚刚站起身说“老师再见”的时候，就不管不顾地第一个冲出教室，直奔女厕所。

我真的不想这么突兀，我一点儿也不想别人注意我，可是，我实在忍不住了。从陈老师批评我开始一直到下课，这中间隔了整整半个小时。半个小时啊！多么难熬！我是多么迫切地想要将自己这双肮脏的手放到水流下冲洗一番！

告诉你，不要以为你看到一双手白白净净的，它们就一定是干干净净的，完全不是这么一回事。我们的双手，每一毫米的肌肤间，都藏满了密密麻麻的细菌。如果没有洗手液，那就用清水不停地冲洗吧，这样才能保证你的双手比较干净，也才能防止那些藏匿其间的细菌侵入体内。

学校里当然是没有洗手液的，所以，课间我只能跑到女厕所不停地用清水冲洗自己的双手。如果在课堂上受到了老师的批评，或者遇到了别的不愉快的事情，那么这个冲洗的过程，就会被我不自觉地尽可能延长。我从来没去追究这二者之间究竟有什么关联，我只是觉得，那清澈的、干净的、轻轻流淌着的水流，冲洗在我的手掌、手背和手指缝间，令我从心底感到熨帖和安心。

在我刚刚上幼儿园的时候，我就知道人的手上藏着无数看不见的细菌，这是我那个在省医院赫赫有名的当主任医师的妈妈告诉我的。

当然，那个时候妈妈还不是主任医师，她只是一个刚进医院没几年的无足轻重的小医生，不过，她从来不认为自己永远只会是个小医生，她说："等着吧，我会成为全省乃至全国最有名的医生的！"

我非常相信她的这句话，因为我的妈妈是一个努力的人，是一个严格要求自己的人。她不仅严格要求自己，她还那么严格地要求我。比如说洗手，吃饭前、吃零食前、从外面回到家里、刚刚玩过玩具……很多时候，她都会严格地要求我洗手，用洗手液或者消毒肥皂，将每一根手指头和每一个手指缝都清洗得干干净净。

"保持双手清洁才是好孩子哦！""妈妈最喜欢将自己的双手洗得干干净净的小朋友啦！"妈妈总是这样鼓励我、表扬我、鞭策我。

那个时候，我是多么在意妈妈的表扬和笑脸。

那个时候，每次看到我听话而又笨拙地往手上涂肥皂，妈妈的那一双严肃而疲惫的眼睛便会满意地眯成一条缝。

"还是我的小可沁最听话，不会惹妈妈不开心！"每次，我张着一双香喷喷的小手扑向妈妈的时候，妈妈都会一把抱住我，一边将我紧紧地搂在她的怀里，一边喃喃地说。她温润的脸颊摩挲着我的鬓发，令小小的我心里莫名其妙地有种心疼妈妈、想要流泪的感觉。

二

“哈哈，果然如此！真的很奇怪！”

突然，我的耳边传来一阵不怀好意的笑声。

我惊恐地抬起头，通过水池上面干净明亮的玻璃镜面，看到我的身后站着两伙人。左边的一伙嘻嘻地笑着，一脸果然如此的表情。这是我们班上一群性格张扬、喜欢无事生非的女生。右边的一伙有我们班的，也有其他班的，她们一个个满脸不耐烦的样子。她们等在我身后干什么？难道是在等着洗手吗？

“杨可沁你到底洗好了没有？大家都在等着呢！”右边一个女生发话了，一脸礼貌地竭力忍住的厌烦。

她是我们初二年级的学霸兼我们班的班花，无论大考小考，她都是永远打不败的第一名。

原来，她们真的在排队等着洗手呢。

她们是什么时候在这里排队的？我怎么一点儿也不知道身后排了这么多人？她们为什么不早一点儿说呢？

我万分窘迫地对大家说了一声“抱歉”，低着头转身跑了出去。

在我的身后，传来了一阵惊讶和不可思议的哄笑，还有一些混杂在里面的声音，像一根看不见的长矛一样追在我的身后：“说她很奇怪，你们还不相信！”

“我们跟踪她好些时候了，她每个课间都要跑到卫生间洗手！一次不落！”

“有好几个水龙头她不用，非要占据那个有镜子的，看来她还很爱臭美呢！”

……

居然有人跟踪我？跟着我到卫生间来看我洗手？我怎么一点儿也不知道？我洗手关她们什么事啊？上课的时候手要摸书本、摸笔，还会不停地在桌面上蹭来蹭去，手脏得让人无法忍受，不洗手怎么行呢？我根本没注意什么镜子，我只是在洗手……

三

又到课间了，我离开座位，正要冲向厕所，突然又警惕地停住了脚步，装作不经意地扭头看看，我的身后竟然真的晃着两三个熟悉的身影！

好吧，我不去洗手了。

我转过墙角，来到楼梯口，顺楼而下，来到了教学楼的外面。

这是一个美丽的校园。校园很大，有红绿相间的漂亮的塑胶操场和跑道，还有篮球场、足球场。路边，树木、花草修剪得整整齐齐，到处都干干净净、赏心悦目。妈妈说得没错，这是我们这座城市里最好的中学，再找不到比这里更好的学校了。

可是，已经进校一年多了，我为什么还是没有归属感？

其实，照我的成绩来说，我真的不属于这里。

这些话，我是不会当着妈妈的面说的，她会生气。她会说："你怎么不属于这里？你本来就属于这里！可沁呀，你究竟是怎么回事？我从小到大都是校级学霸，根据遗传科学，孩子的智力主要取决于妈妈。相信我的话，你绝对不可能是一个平庸的人！”

我究竟是一个怎样的人呢？这个问题，我从小学三年级的时候就开始想了，因为就是从那个时候开始，我就不能保证每门功课满分了。可是想了这么多年，我一直想不清楚。特别是进入初中以来，我就更想不清楚了。想不清楚的时候，我就喜欢将自己的双手放到水龙头下面，冲洗，冲洗，不停地冲洗。

可是现在，我竟然找不到地方洗手，我是多么迫切地需要洗手！刚才的数学课上，陈老师发下来进入初二第一次月考的数学试卷。她将卷子放在我桌子上，没说话，只是重重地在卷面打着分数的地方敲了一下。我看了一眼分数，就脸红心跳地一把将卷子塞进了书包。

数学课是一门好奇怪的功课，刚开始的时候我跟它还心心相印，可是五年级以后，特别是初中以后，我就越来越不认识它了。我真的尽了最大的努力，但我觉得它还是在冷冰冰地拒绝我。

可是妈妈却觉得我好奇怪，妈妈说：“数学是一门多么有趣、多么迷人的功课呀！我在中学的时候，最喜欢的功课就是数学了。我们可沁多聪明呀，怎么可能学不好数学呢……”

其实，不光是数学，这个学期还开了物理课。老实说，一开始我就被它吓坏了，它比数学还神秘，开学一个月了，我感觉自己还一直没有摸到它的门把手……

我心里非常慌乱，特别害怕妈妈知道这件事情。

每当这个时候，我就特别想洗手。

我在操场边急切地走着，眼睛搜寻着旁边的绿化带。总有地方应该有一个水龙头吧，给花匠浇水用的。

可是，我没有时间了，上课铃声响了起来。

我放弃了寻找，开始疯狂地往回跑，我不愿意迟到，我也从来没迟到过。

四

真好，我终于找到一个洗手的地方了，一个可以安安静静地洗手的地方。

一座位于校园初中部与高中部相连的两层小楼，开着一扇小小的门，进去朝右拐，就可以看到一个小小的洗手间，洁白的地砖，洁白的洗手池，洗手池的边上竟然还放着一瓶绿色的洗手液。

这座小楼，以前远远地看到过，只是因为跟我们无关，所以从来没注意。

它是干什么的呢？不知道，反正在校园里，总归是什么办公楼吧。我也只是进来洗手，时间很短，摆在那里的洗手液我也不会用的，应该没问题吧？

唯一的缺点就是，它离教学楼稍微有一点远，我每次洗手，必定要一路跑着来，再掐着时间跑回去。

不过，我也并不在乎这样来回跑，我太喜欢这里了，一个如此安静而干净的小房间。更重要的是，我的身后再也不会有惊讶、奇怪甚至鄙视的眼神了。

五

这一次，我刚刚喘着气打开水龙头，身前的镜子里就出现了一张老太太的脸。

一头雪白的银丝，烫成微微的波浪，优雅地散在脖颈间。白净的肌肤，两道弯弯的细眉，一双布满细纹的温和友善的眼睛。

她是这座小楼的主人吗？

我局促地把刚刚打开的水龙头重新关好，有点慌乱地转过身。我在想是应该跟她打一声招呼呢，还是就这样一言不发地跑掉？

“喏，小姑娘，给你这个，你一定会喜欢。”老太太还没等我有所行动，便很快地递给我一样东西。

是一个精致漂亮的小瓷盒，里面装着一块淡紫色的圆圆的香皂，有一股淡淡的非常好闻的味道。

我不知所措地接过来。

“用这个洗手，你一定会喜欢。”老太太的声音和她的眼神一样，既干净又安然，好像她一直就认识我，而且我跑到这里来洗手是一件一点儿也不奇怪的事情。

“快洗吧，一会儿要上课了。以后这块香皂就放在这里，你随时都可以用，知道吗？”老太太说完，不等我应答，朝我温和地笑了笑，转身离开了。

我不再犹豫了，赶紧拧开水龙头，将手冲湿，拿起香皂，轻轻地涂抹在手上。

雪白的泡沫如此轻柔地包裹着我的双手，抚摸着我的手掌和手背，就像小时候妈妈贴上我鬓角的温润的脸颊，就像妈妈脸上难得一见的甜甜的笑……

淡淡的香味浓烈起来，布满了整个小小的空间。

六

我忍住剧烈的气喘，一头冲进了那扇好像永远敞开着的小门里，冲向那间小小的洗手间。

它真的还在那里，那个精致的上面有藤蔓花纹的小瓷盒，那块我上一个课间刚刚用过一次的淡紫色的香皂。

我是该为自己的推断开心呢，还是不开心呢？

整整一节课，我都在想着这件事情，这么奇怪的一件事情。

老太太一定早就知道我经常跑过来洗手的吧？可是，她为什么没骂我，没赶我走，还送我一块那么好的香皂洗手呢？

我想不明白，我好想再看一看那块香皂是不是真的还会在那里。所以一下课，我就以前所未有的速度冲了过来。

我轻轻地靠近，凝视着它。

好奇怪，这一次我竟然没想到要洗手，我只是想看看它是不是真的还在这里。

没错，它真的好好地待在这里呢。而且，下一个课间，再下一个课间，它都一直好好地、安安静静地待在洗脸池台子上，好像它本来就在那里。

而老太太，再也没有出现过。

我终于放心了，我开始用它洗手。

啊，真好！这样温柔细腻的感觉，这样由淡而浓的香味，我感觉我的双手是多么干净，简直一尘不染。

我的心里，充满着一种无言的慰藉。

七

现在，我不想洗手了，我想见见老太太。

真奇怪，她真的就送了一块香皂给我洗手，就什么也不管，什么也不问了吗？她是干什么的？她为什么要这样对我？

我想见见她，问问她。

哦，也许我不会问。想起来，我已经好久没有和别人主动说话了，更别说聊天，包括我妈妈。

不是我不愿意跟妈妈聊天，而是只要我一开口，妈妈就老是纠缠在努力和成绩之类的问题上。妈妈不明白我为什么会这样，而不是像她那样优秀。我当然就更不明白了，尽管我也渴望搞清楚我为什么会这样。我眼看着妈妈的眉宇间越来越急切，眼看着三条触目惊心的像川字一样的皱纹不知什么时候已经牢牢地占据她的额头，我的心里，是觉得多么抱歉、难过。

这种时候，我就只有拼命地洗手。我想，至少妈妈看见我的双手那么干净会高兴的吧。

所以，我肯定不会主动去问老太太。我只想见见她，就偷偷地看一下，确定她还待在这幢小楼里就好。

我特意挑了最后一节课下课的时间过来，这样我就不用那么匆忙了。

我轻轻地在一楼窄窄的走廊里穿行，经过两间关着门的房间，在走廊最后靠右手边的一间敞开着门的房间里，我看到了老太太。

老太太正坐在一张洁白的藤条椅子上，背靠着一扇宽大的飘窗。飘窗上摆着一棵葱郁的绿色宽叶植物。她的旁边，还有另外一张空着的藤条椅子。她对我微笑，像老朋友一样招呼我："进来吧，到这儿来坐一会儿，陪我说说话。"

我不由自主地走进去，坐在了老太太旁边的那张藤条椅子上。

"你还记不记得，你是从什么时候开始喜欢洗手的呢？"老太太开门见山地问我。

我皱着眉头，苦苦地思索起来。

是从什么时候开始的呢？刚刚离开幼儿园上小学一年级的那一天？爸爸抛下我和妈妈，一个人拎着箱子义无反顾地离开的那一天？第一次将一张没有考到九十分以上的卷子带回家给妈妈看的那一天？妈妈开始频繁地分析遗传学的那一天？

我惶惑地摇头，我根本说不清楚。

老太太又笑起来。

啊，她的笑是多么令人舒适。她脸上的每一条皱纹，不像妈妈那样紧紧地蹙在一起，而是像水流一样快乐地向四周流淌，我甚至能听到它们哗啦哗啦流淌的声音。我感觉它们正在冲洗我的双手，冲洗我的全身。

老太太那干净的声音又传入我的耳中：“那么，我们换一个说法，你觉得你什么时候最想洗手呢？这个问题是不是更容易说一些呢？”

我赶紧点点头，这个问题确实容易回答。我想洗手的时候，那可真是太多了！

我开始慢慢地、带着点艰涩讲起来。我真是讲得好慢，因为我突然发现，在脑子里组织语言并将它们从嘴里说出，对我来说已经是一件非常困难的事情了！

好在老太太一点也不着急，她一边听我说，间或点点头，一边慢慢地剥着飘窗上摆着的一盘开心果。剥开了她也不吃，而是放在靠近我这边的一个小盘子里。

我讲啊讲，讲啊讲，竟然越讲越流利，越讲越畅快。我感觉自己舌头上的水龙头被拧开了，里面堵塞了太久的水流，迫不及待地往外涌，流得到处都是。

等到老太太起身，将我抱在她怀里，我才意识到，我流的竟然是眼泪，满脸的眼泪。

八

整整九年以后，我带着心理学专业的大学毕业证书，再一次走进了这座小楼。

这一次，我是从正门进来的。

我到初三毕业以后，才知道这座小楼原来还有一扇门，一扇面对本校高中部的门。门的一边，挂着一块小小的素净的牌子：凡心工作室。

凡心是那位老太太的名字，这座小楼是她家的祖业，她的祖上，是这所全市最著名的中学的创办者。

而我一直进出的那扇门，只是这座小楼的一扇后门。只要凡心在家，它永远面对初中部校园开着。

进来以后，我没有急着进房间，而是先来到那间小小的卫生间的门口。

一切都没有变，依旧是洁白的瓷砖，洁白的洗手池，洗手池边上有一瓶绿色的洗手液。

那个有着藤蔓花纹的瓷盒子，早已不在那里了。估计在我之后，再也没有有洗手强迫症的小女孩偷偷地跑到这里来洗手了吧？

不过，虽然没有了洗手强迫症，但一定还有很多很多其他的强迫症，他们一定都在这幢小楼的前门和后门进出过。

只是，我想象不出，凡心是用什么方法让他们在她面前完全放弃心理防范的。这一点，将是我今后漫长的摸索和学习的方向。

九年过去，凡心已经老了，但她的一头白发还是那么优雅地微微翘起在脖颈间，她的一张脸还是那么白净，她的一双眉还是被仔仔细细地用眉笔勾勒，弯弯地卧在她那双永远微笑着的眼睛上面。

“可沁，你真的不后悔吗？”凡心坐在那张好像永远不会蒙灰的藤条椅子上问我。

我依旧坐在她旁边，背靠着摆着宽大的绿叶植物的飘窗。我摇摇头，说：“我唯一担心的就是现在这张毕业证书不硬气，到时学生会不服我。”

是的，当年我拼尽全力考上的，只是一所普通大学的心理学系。可是，我知道我已经尽了全力。我也知道，我不是妈妈，我就是我，我只有这个能力。并且，这已经是一个奇迹，一个凡心创造的奇迹。

如果没有凡心，我可能早就淹没在那哗啦哗啦的洗手的水流里了。

虽然只是考上了一所普通的大学，但在大学四年里，我非常努力。我是全年级学习最认真、成绩最好的学生。

大四那年临近毕业的时候，我考上了一所名牌大学的心理学专业研究生。

而现在，我决定放弃读研，来到凡心工作室接替凡心的工作。她实在是太老了，她应当休息了。

凡心又一次笑起来，说："一纸名牌大学的毕业文凭永远也抵不过一颗真诚细致的心。"

那是多么熟悉的笑容。

我对凡心点点头，我相信这句话。

以后，面对那些因各种各样的原因不知在哪里就莫名其妙地迷途了的小羊羔，那些令人心痛的小羊羔，我虽没有响当当的文凭，但有着一颗真诚细致的心。